Enlace

Le Fernández

Enlace
Le Fernández
lefernandez.com
lefernandezescritora@gmail.com

Primera edición 2023

Todos los derechos reservados. Ninguna porción de este libro podrá ser reproducida, almacenada en algún sistema de recuperación o transmitida en cualquier forma o por cualquier medio (mecánicos, fotocopias, grabación u otro), excepto por citas breves, sin la autorización por escrito de la autora.
Esta es una obra de ficción. Todos los personajes, nombres, incidentes, organizaciones y diálogos en esta novela son producto de la imaginación del autor o han sido utilizados de manera ficticia.
Ninguna información incluida en este libro sustituye las recomendaciones de expertos en cada uno de los temas.

Copyright© 2023 Le Fernández
Edición: 1
Diseño de carátula: Camila Garro

ISBN: 979-886-33-3187-4

Para todos los que sufren en soledad.
Es tiempo de buscar la luz. Cuéntalo.

CAPÍTULO 1: INTRUSOS

Pasillos y puertas pasaban frente a sus ojos a toda velocidad. Le preocupaba tanto llegar a la salida que ignoró los jadeos junto a ella. Se habían adentrado tanto en los sótanos que les quedaban unos minutos de carrera antes de ver la libertad.

June se negó a mirar atrás. Estaba segura de que aún no la reconocían. Voltear no la ayudaría en su escape; por el contrario, facilitaría que la identificaran. Después de todo, trabajaba allí. Dar con su nombre no sería difícil. Esperaba que la capucha y el antifaz de bloqueo digital distorsionaran su apariencia lo suficiente para no ser atrapada al pasar por el escáner.

Logan tiraba de ella, exigiéndole que apremiara el paso. Era más alto y tenía más miedo que ella, una combinación perfecta para hacerlo veloz. Pero, como siempre, estaba atado a June. Dejarla atrás no era una opción: una razón más para convencerlo de deshacerse del enlace.

«Oye, Logan, la próxima vez que ponga en peligro mi vida por andar husmeando donde no debo, a lo mejor no tienes que correr el riesgo conmigo. Oh, no, espera… Sí tienes. No hay otra opción», pensó June para sí.

Logan miraba hacia atrás de tanto en tanto y entornaba la vista, intentando distinguir las indicaciones de June. Había perdido los lentes mientras escapaban y no veía gran cosa sin ellos, menos aún en la oscuridad. Los pasillos eran intrincados, angostos y monótonos;

perderse resultaba fácil. Cuando entraban en el edificio, Logan casi nunca prestaba atención; se enfrascaba en sus pensamientos con su *casco* activo y dejaba a June hacer lo suyo. Él no tenía ni idea de cómo llegar a la salida, dependía de que ella lo guiara.

Las luces de emergencia se encendieron y parpadearon entre rojo y naranja. Eso no debía ser bueno. June esperaba que, por miedo a las represalias, los guardias mantuvieran la alarma apagada. Así podrían fingir que no era posible que un par de muchachos burlaran su seguridad y vieran lo que vieron.

«Lo que vi», pensó. No estaba del todo segura de lo que había visto. Sabía lo que le hubiera gustado haber visto, pero no estaba segura de qué había encontrado allá abajo en realidad.

«Tiene que ser algo grande o no accionarían las alarmas».

Frenó en seco. Lo lamentó un segundo después, cuando se vio obligada a doblarse por el dolor. El gemido de Logan le informó que él también lo había sentido. Logan se giró a fulminarla con la mirada, al tiempo que se acariciaba el brazo adolorido.

June señaló una puerta maltrecha debajo de la escalera, semi oculta detrás de una planta, junto a uno de los recibidores del piso donde ella trabajaba. Se inclinó, suplicando que estuviera abierta.

La puerta se abrió con facilidad.

Con la luz del brazalete en su antebrazo, June iluminó su escondite ideal: una deteriorada alacena de no más de dos metros de largo y un metro de alto, donde los encargados de limpieza guardaban los productos para abastecer a cada piso.

June recogió con delicadeza el enlace para animar a Logan a acercarse. Él obedeció, temeroso de volver a sentir el tirón, y llegó junto a ella.

—Entra —le susurró, apagando la luz de su comunicador.

—¡¿Estás loca?! Creo que ya tuvimos suficientes aventuras por un día. Iremos a casa —respondió él, también susurrando, con el ceño fruncido.

—No podemos salir —replicó June cuando lo tuvo a unos centímetros del rostro—. Activaron las alarmas y deben tener el perímetro controlado. En cuanto salgamos, nos atraparán. Será mejor que nos escondamos. Pasemos la noche aquí y finjamos que nos escabullimos a manosearnos por la mañana, antes de entrar a trabajar.

—¿Bajo qué cargo nos atraparían? ¿Qué fue lo que hicimos allá abajo?

—No hice nada malo —se excusó ella. Eso solo era verdad si pasaba por alto que habían entrado en una sección no autorizada del edificio por la noche, y que habían utilizado identificaciones robadas y el pulgar de un cadáver.

Logan la escudriñó con sus brillantes ojos verdes y ella se encogió, aparentando inocencia. Era inútil hacer como que podía ver alguno de los rasgos del rostro de June, pero la conocía lo suficiente para saber que fingía.

—No te hagas la inocente conmigo. Sabes que no está bien lo que está pasando aquí. Eso… eso… es… —Logan no podía describir lo que habían visto, iba en contra de sus creencias. Significaba abrirse a la posibilidad de la soledad, a la incertidumbre de la elección y al dolor del abandono. Por fin encontró la palabra que estaba buscando—: Es una aberración, June.

—¿Lo viste?

Hasta ahora June pensaba que tal vez había sido su imaginación, algo similar a un espejismo. Deseaba con tantas fuerzas encontrar a uno, que su mente le mostraba justo lo que llevaba años buscando. Logan era un creyente, que él lo hubiera visto significaba mucho: primero, que ella no estaba loca, y segundo, que su intromisión no había sido un total desperdicio.

—No sé lo que vi —negó Logan, inclinándose para entrar en la alacena. El espacio era reducido, pero al menos estaba limpio y tenía buen olor.

June entró detrás de él. Estaba acostumbrada a estar todo el tiempo con Logan, aunque no recordaba la última vez que habían estado tan cerca: ella sentada en el piso, con una pierna de Logan a cada lado del cuerpo. Sentía en la oreja su respiración agitada, que nada tenía que ver con la cercanía.

Guardaron silencio en la oscuridad, a la espera de recibir cualquier indicio de peligro del exterior. Un chillido constante se escuchaba a lo lejos. El sonido característico de articulaciones metálicas y el desplazamiento de ruedas era inconfundible: uno de los autómatas de vigilancia.

Logan maldijo por lo bajo a June. La luz roja de búsqueda se coló por debajo de la puerta de su escondite. No había forma de que pasara por alto la huella de calor de sus cuerpos. El autómata no reaccionó a su presencia. Ignoró a la pareja y continuó con su búsqueda. Resultaba evidente que no eran el motivo del alboroto.

Buscaban algo más.

CAPÍTULO 2: ENLACES

June suspiró aliviada quince minutos después, cuando el sonido de las alarmas se detuvo. Relajó los hombros y se dejó caer contra el pecho de Logan. Lo escuchó respirar aliviado también y se llevó una mano a la frente para limpiarse el sudor con la manga.

Una oleada de culpa invadió a June. Lamentó no haber sido más sincera con Logan, pero no tanto como para arrepentirse. Sabía que hacía lo correcto. Si Logan lo hubiera sabido, se habría opuesto a la expedición y ella necesitaba saber. Imaginaba lo decepcionado que debía estar de ella el pobre Logan. Existía al menos una persona en el mundo que siempre había estado y estaría con June, y que tendría pánico si la muerte tocara a su puerta: Logan.

June sintió el pecho de él contra su espalda. No tenía quejas de Logan. Era el tipo de persona que te acompañaría a ese concierto de un grupo que no le gusta nada y se la pasaría bien aún así. Pero tenía un gran defecto, el mismo que June estaba segura ella tenía: no estaba ahí por elección. Se había visto forzado a estar con ella.

Para muchos resultaba imposible imaginar un mundo distinto, uno de invididuos. Pero así solía ser el mundo. Incluso existía una industria muy lucrativa para encontrar a esa persona con la cual pasar el resto de la vida. Los humanos solían invertir millones con el objetivo de encontrar a su media naranja.

Eso había acabado con los *enlaces*.

Logan sentía las caderas de June contra el interior de sus muslos. Sin embargo, no se atrevió a tocarla. Ella había dejado claras sus intenciones con él: no estaba interesada. Aquello era una locura, no porque Logan se considerara irresistible o algo por el estilo, sino que se trataba de los enlaces. Ambos estaban destinados a estar juntos. Tenía la rotunda certeza de que June era la persona que complementaba su ser, su alma gemela. Desde su nacimiento, June fue asignada a Logan. Era su pareja genética perfecta, su mujer ideal. El único problema era que June parecía no compartir esa idea.

Logan no lo comprendía. Para él todo aquello era una bendición. Era sabido que antes del Oráculo, muchos habían muerto por no haber podido satisfacer de forma correcta las nuevas necesidades hormonales de su cuerpo. Logan consideraba que les estaban ahorrando dolor al asignarlos, aunque el comportamiento de June lo hacía cuestionar su fe casi a diario.

—¿Al menos valió de algo? —preguntó Logan con amargura, luego de una hora en silencio. Los sonidos en el exterior se extinguieron y la oscuridad reinaba.

Ella afirmó con la cabeza.

—No te da vergüenza... —insistió él. Esta vez ella se negó a contestar, así que Logan continuó—: ¿Tanto odias estar conmigo?

June se encogió, incómoda. No era eso. No tenía nada que ver con él.

Ella pensaba que Logan estaba bien. No tenía vicios ni hábitos extraños, aunque desde hacía una década había desarrollado un gusto bastante molesto por la actividad física. Eso obligaba a June a desperdiciar mucho tiempo valioso en el gimnasio, esperando a que él terminara su rutina. En general, había sido un buen compañero, pero solo se quedaba porque no tenía otra opción.

June observó su marca sanguínea con cariño: su anular izquierdo estaba coloreado por una tonalidad amarilla. Una línea del mismo color le recorría la palma, el antebrazo, el codo, el hombro y llegaba hasta su corazón. Y desde ahí iba acompañada de una segunda línea morada. Ambos colores cruzaban por sus pechos, llegaban al hombro derecho y se repetía el recorrido del brazo anterior hasta el enlace: aquel maldito trozo de carne que la unía de manera permanente a Logan.

El amarillo y el morado danzaban en el enlace, recorriendo el metro y medio de piel, venas, arterias y nervios que los unía, y que llegaba hasta la muñeca de Logan. Cruzaba el cuerpo de él de la misma forma que el de ella, solo que el amarillo de la marca sanguínea de June se detenía en su corazón y el morado de Logan continúaba hasta llegar al anular derecho.

Estaban unidos para siempre, marcados por lo que June creía eran colores imposibles de combinar.

A los ojos de algunos, los enlaces venían a satisfacer aquella antigua leyenda del cordón rojo que une a las almas gemelas, pero June los veía de forma muy distinta, como lo que en verdad eran: un grillete que los condenaba a estar juntos hasta la muerte, un cordón umbilical que los unía por las muñecas a la fuerza. No tenía nada de romántico, era una unión genética para mantenerlos con vida a un coste muy alto.

Ella sintió el peso de la cabeza de Logan sobre la espalda, se había quedado dormido. Se guardó el antifaz en el bolsillo, se apoyó en su pecho y lo imitó. La fatiga la alcanzó y, unos minutos después, dormía acurrucada sobre Logan.

La alarma del comunicador del antebrazo de Logan la despertó. El brazalete de June estaba sin batería, como casi siempre, pero Logan recargaba sus reservas.

Faltaba un cuarto para las siete.

Logan se estiró, empujando a June contra la puerta. Parecía confundido. Suspiró molesto al recordar donde habían pasado la noche. Sus articulaciones se lo recordarían el resto del día.

—Muero de hambre —dijo, casi en un gruñido—. ¿Cuál es la siguiente parte del plan, maestra del robo y el engaño?

June sintió el aliento matutino de Logan en la nuca y se apartó un poco.

—Tenemos que esperar un poco más —contestó. Ella tenía también entumecido todo el cuerpo—, hasta que lleguen tantos empleados que podamos camuflarnos.

Una suave vibración y un destello azul le indicaron a June que Logan había activado su *casco*. Los *cascos* eran el invento más lucrativo del siglo, después de los enlaces claro. Cada vez que uno de los extremos del enlace quería dar privacidad al otro, lo único que tenía que hacer era activar el *casco* desde los audífonos inalámbricos para escapar a una realidad virtual donde no lo acompañaba su pareja. No escuchaba ni veía lo que esta hacía hasta que lo apagara. June pensó que Logan usaba muchísimo el suyo. Supuso que él tampoco era feliz y que prefería no estar con ella.

—¿Logan? —Luego de un rato, June le movió la rodilla para llamar su atención. Logan dio un respingo, como olvidando que ella estaba ahí, y desactivó su *casco*.

—¿Sí?

—No te cambiaste la ropa anoche antes de venir, ¿verdad? ¿Traes la ropa que usaste ayer durante el día? —preguntó June. Ella se había cambiado de ropa para su intromisión nocturna. Logan, sin embargo, llevaba el mismo atuendo que el día anterior—. Aunque siempre vistes muy parecido, no creo que a nadie le parezca extraño. ¿Crees que mi atuendo es muy oscuro para la oficina?

Ella llevaba unos jeans y una blusa negra asimétrica de mangas largas bajo la chaqueta. Las manos de Logan palparon su cuerpo para ayudarle a quitársela. Se situó en el cuello del lado derecho, donde iniciaba el cierre que bajaba por su hombro y su brazo, para liberar la mano en la que tenía el enlace. Una vez abierto el cierre, June pudo quitarse la chaqueta sin lastimar a Logan.

—¿Me ayudas con el cabello? —pidió él. June encogió las piernas y giró despacio, quedando arrodillada entre las piernas de Logan, sus rostros a unos centímetros de distancia. Le acomodó el cabello usando los dedos como cepillo. Luego se alejó un poco para observar mejor. Algo andaba mal, no parecía el Logan de siempre.

—¿Tus ojos siempre han sido así de verdes? —Las esmeraldas atrapadas en las cuencas de Logan resultaban mucho más llamativas aquella mañana.

—Perdí mi lentes —le recordó él. Sin ellos, el color de sus ojos cobraba más fuerza.

—No deberías usarlos más. Tienes unos ojos hermosos. Los lentes los opacan por completo.

—Es maravilloso que te guste lo que ves —contestó él en un tono coqueto y animado—. Yo, por mi parte, no veo gran cosa. Hoy voy a necesitar mucho de tu ayuda.

June asintió.

El bullicio aumentaba afuera. Pronto tendrían que salir. Ella escaneó de nuevo la pinta que daba Logan. Volvió a despeinarle el cabello incluso más que al inicio.

—No pudiste soportar que luciera mejor que tú, ¿verdad? —bromeó él, dejándose despeinar.

June sonrió. Que bromeara era buena señal.

—Se supone que nos colamos aquí a manosearnos. No deberías verte regio.

—¿Llevas labial? —preguntó él, forzando la vista para diferenciar los rasgos del rostro de June.

—Supongo que aún tengo algo del que usé anoche.

—Mánchame con él, como si nos hubiéramos besado.

June dudó. Implicaría cambiar la imagen que tenían como pareja. June era una activista de los derechos individuales. Todos los que la conocían sabían que su relación con Logan era… irregular. Eran simples compañeros obligados a vivir juntos por los enlaces. Nada más.

Que se extendiera el chisme de que los habían encontrado juntos sería un golpe muy fuerte para la reputación que se había forjado. También era una forma sencilla de evitar las preguntas incómodas.

Era usual que las parejas en edad reproductiva se escabulleran para aprovechar la ovulación. Nadie haría demasiadas preguntas sobre eso.

June se inclinó y frotó sus labios contra los de Logan. El recuerdo de su primer beso la visitó fugazmente: tenían poco más de catorce años, antes de que June descubriera la verdad sobre los enlaces. Sus labios eran cálidos y suaves, justo como los recordaba. Sintió a Logan despertar bajo ella, acercarse más y mover los labios también.

Logan no podía creer su suerte. Cuando le pidió mancharlo con el labial, pensó que usaría la yema de su dedo o sacaría el labial de donde fuera que las mujeres lo guardaban. Jamás pensó que lo besaría. Habían pasado más de ocho años desde su último beso.

Si el precio por besarla de nuevo era entrar en el Oráculo y exponerse a ser arrestado, gustoso entraría incontables veces más. Cuando se recuperó de la sorpresa, le regresó el beso: apoyó las palmas contra el piso para impulsarse al frente, y con la delicadeza de su lengua, le abrió los labios.

Fue demasiado para June. Se apartó de golpe.

—Creo que es suficiente —dijo ella, desviando la mirada.

Logan vaciló. Para él no era suficiente. Quería más, mucho más. Pero no dijo nada. Solo se relamió los labios y guardó silencio, esperando paciente que su fe diera frutos. Quizás había esperado demasiado. Tomó fuerzas de lo mucho que deseaba otro beso y soltó la pregunta que tenía años rondando en su cabeza:

—¿Por qué dejaste de besarme?

—Creí que con eso era suficiente —contestó ella sin levantar la mirada. De esa forma pretendía ocultar el rubor en sus mejillas.

—No ahora. Me refiero a antes. Solíamos besarnos todo el tiempo. Nos gustaba. A mi me gustaba mucho y creí que a ti también. Luego un día te alejaste y vinieron todas esas... —quiso decir «tonterías», pero se contuvo— ideas.

June no recordaba la última vez que habían hablado, hablado de verdad. Se relacionaban todos los días, se acompañaban siempre, participaban en la vida del otro, pero no hablaban desde el fondo del corazón.

June lo observó. Él tenía las mejillas sonrojadas y la mirada fija en ella, en sus labios. Logan merecía una respuesta.

—Antes no sabía qué significaban. Ahora me parece un poco injusto…

—¿Injusto? —Logan acercó la mano al hombro de June. No quería asustarla, tenía que ser cuidadoso—. June, puedes hablar conmigo —Ella relajó la postura y curvó la comisura de los labios—. Después de todo, soy tu enlace.

June dejó salir todo el aire de sus pulmones con un bufido de furia y le dedicó una mirada tan fría que lo hizo soltarle el hombro. ¡Si tan solo no hubiera dicho eso!

«Soy tu enlace», repitió ella en su cabeza.

Antes de que Logan pudiera decir nada más, la puerta se abrió. Una anciana y regordeta mujer, con uniforme de limpieza, los sorprendió. Atado a ella, un hombre calvo y alto la acompañaba, sumergido en las profundidades de su *casco*.

—¡Válgame! No esperaba encontrarme a nadie aquí a estas horas de la mañana —Sonrió con picardía. June esperaba que sus genuinas expresiones de asombro y su maltrecho aspecto fueran suficientes para convencerla—. ¿Terminaron o necesitan más tiempo?

—Ya estábamos por salir —June agarró del brazo a Logan.

—¿Tú eres June Logan?

—June June —la corrigió ella, aunque le pareció hipócrita conservar sólo su nombre cuando pretendía fingir que había estado ocupada con Logan ahí dentro.

—¡Madre mía! ¡Por fin has caído! No me sorprende. Mira qué guapo muchacho te dieron.

Logan se llevó una mano a la oreja para activar su *casco* sin contestar. Una capa de luz curva salió desde sus audífonos y le cubrió la mitad superior del rostro. June lo tomó por el brazo del enlace y se marchó a toda prisa rumbo al comedor.

Ahora que doña Tere los había encontrado, la noticia viajaría veloz, destruyendo la reputación de June. Tendría que ser igual de veloz en su contraataque.

CAPÍTULO 3: JAVIER

Al entrar en el comedor, June fue consciente por primera vez del hambre que tenía. Apenas había unas veinte personas esparcidas por las mesitas circulares. June codeó a Logan para que se quitara el *casco*. Él obedeció y descubrió dónde estaban.

June agarró una bandeja, le ofreció otra a Logan y avanzó hacia las máquinas dispensadoras. Presionó un par de opciones en la pantalla y, unos segundos después, la banda transportadora le entregó pan, jalea y fruta para desayunar. Logan tomó un batido de proteína y tres tostadas con tofu. Se sentaron en la mesa de siempre, intentando no llamar la atención. La compañera de June, Luna, ya los esperaba ahí junto con su enlace, Leo.

—¿Se cayeron de la cama? —preguntó Luna, sonriendo—. Creo que nunca los había visto aquí tan temprano.

June sonrió sin ganas. Logan atacó su desayuno con un interés salvaje.

—¿No cenaste anoche? —preguntó Leo, tan sorprendido que dejó su cucharada de cereal a mitad de camino.

June pisó a Logan por debajo de la mesa. Él se giró hacia ella, molesto.

—¿Eso es lápiz labial? —preguntó Luna, mirando la comisura del labio de Logan.

La voz robótica de la asistente virtual de la empresa interrumpió la incómoda conversación desde los altavoces:

—Se solicita a todos los empleados asistir a la sala de conferencias general antes de iniciar su jornada. La gerencia tiene un mensaje importante que compartir con todos. Su brazalete vibrará cuando sea su turno. Fin del comunicado.

June suspiró preocupada. Sabía que entrar la noche anterior tendría sus consecuencias, pero no creyó que los encontrarían tan pronto. Si estaban haciendo pasar a todos los empleados a la sala de conferencias general, eso sólo podía significar una cosa: querían realizar un escaneo de reconocimiento facial en cada uno para compararlos con las descripciones de los intrusos. June tragó grueso. Era cuestión de minutos para que los encontraran. Pensó en escapar antes, pero su antebrazo empezó a vibrar. No había forma de ocultar el brillo de la placa metálica. Si intentaba salir, los guardias la detendrían de todas formas.

June se despidió de Leo y Luna sin tocar su desayuno. Logan, sin más opción, se acabó el último trago de batido y la siguió.

—¿Qué hacemos? —preguntó él, mientras caminaban a la sala de conferencias—. ¿Crees que nos escaneen?

No fue necesario contestar: dos hombres esperaban en la entrada de la sala con un escáner de reconocimiento facial.

Sin poder escapar, fueron empujados por el resto de los empleados que se dirigían en la misma dirección. June mostró la placa metálica que cubría su antebrazo y uno de los hombres se apresuró a escanear el brazalete. Vio con horror toda su información desplegada en una pantalla: su dirección, tipo de sangre, alergias, horario, números de teléfono, toda su vida. El siguiente hombre levantó dos finas barras magnéticas frente al rostro de June, luego rodeó su cabeza con ellas. Se preguntó si su ficha personal cambiaría a rojo y la atraparían ahí mismo o si aún podría ir a juicio.

Para su sorpresa, el hombre terminó. La ficha de June en la pantalla se actualizó con una imagen suya de 360 grados, y le indicaron que siguiera avanzando. Caminaron con torpeza, siguiendo

A espaldas de Javier, la pantalla mostró la imagen de un hombre en sus veintes, con cabello oscuro y piel canela. El reflejo de unas gafas circulares impedía ver gran porción de su rostro y el color de sus ojos.

Logan observó, aterrado, cómo su rostro lo miraba desde la pantalla.

—Este hombre es uno de los nuestros. Vino y violó nuestra unidad. Cualquiera que lo entregue recibirá una bonificación de diez salarios.

Cientos de empleados veían en todas las direcciones, buscando identificar al culpable. Logan llevó la mano a su oreja para activar el *casco*. June lo detuvo en el acto.

—Llamaría demasiado la atención —murmuró ella—. ¿Cómo es que no te descubrieron al entrar?

—No me escanearon —contestó él—. Es solo para empleados.

June sintió una pizca de alegría. Con la atención puesta en Logan, tenían esperanza de salir. Él usaba el *casco* casi siempre en el Oráculo, además no hablaba con nadie. June solo tenía que preocuparse de los más cercanos a ella. Esperaba que su amistad valiera más de diez salarios.

—Todos recibieron un correo con las nuevas normas de seguridad y restricciones. Las verificaciones dactilares de acceso quedan suspendidas hasta nuevo aviso. Tendremos que usar las antiguas tarjetas de acceso. No podemos arriesgar la seguridad de los nuevos nacimientos. No permitiremos que este hombre atente contra lo que hemos creado aquí. Gracias por su atención.

Las luces del escenario se apagaron y Javier Jade quedó en la oscuridad, esperando en silencio para repetir su discurso a otros mil empleados. Las luces de las graderías se encendieron, dejando a los presentes ciegos. June tiró de Logan para sacarlo deprisa por la puerta de emergencia que había visualizado.

CAPÍTULO 4: CAZUELA

Desde la cama, June lo miró, jorobado sobre su escritorio, mientras se perdía en la proyección de su computadora. Usaba los lentes de repuesto que tenía en casa. No tenían la graduación correcta para su nivel de ceguera actual, pero eran mejor que nada.

«¿Será que no piensa volver a hablarme?», pensó June. No le sorprendía la actitud de Logan. Por cosas mucho menores la había ignorado por horas. Era su forma de protesta silenciosa.

June sabía que lo que había pasado la noche anterior era demasiado para él, pero era un mal necesario.

Regresó la atención a la proyección de su portátil. Estaba terminando de escribir el informe sobre los descubrimientos de la noche anterior. Era crucial revelar la información antes de que el Oráculo encontrara alguna forma de cubrir lo ocurrido. Aunque Javier había sido muy insistente sobre el allanamiento de la noche anterior, no habían llamado a la policía para presentar cargos. June se había encargado de investigarlo. Algo muy raro estaba pasando en el Oráculo y no querían implicar a las autoridades.

También tenía que aclarar en su página personal el asunto con Logan. La mayoría de sus seguidores eran anónimos. Sus ideas y artículos eran demasiado sugerentes como para que las personas quisieran aceptar que estaban de acuerdo con ellas, pero era bastante popular.

Como bien lo supuso June, doña Tere contó a todo su departamento cómo la había encontrado con Logan. Y ella no podía desmentir los chismes. Necesitaba que se creyeran la historia. Incluso había confirmado a varios compañeros lo que había ocurrido. Pero no por eso tenía que dejar pasar la oportunidad de usar ese incidente para ayudar a cimentar su reputación.

Releyó una vez más su artículo y lo publicó. Esperaba que fuera lo suficientemente revelador para proteger la causa por la que luchaba.

Tan solo unos minutos después de publicado, tuvo una respuesta. Era un usuario que siempre apoyaba sus publicaciones: *@amaiama12*. June se apresuró a contestarle, complacida, cuando un tirón en la mano derecha la sorprendió. Logan intentaba llamar su atención.

—¿Quieres algo de cenar? —preguntó él, y se sorprendió de lo ronca que se escuchaba su voz. Hacía horas que no pronunciaba palabra.

—Puedo invitarte a ese repulsivo restaurante clandestino que aún sirve carne a las afueras de la ciudad —propuso ella. Esperaba que sacrificar su salud comiendo en semejante basurero fuera una ofrenda conciliadora.

—Odias ese lugar. Además, tengo que aceptar que la última vez no fue una experiencia placentera —Logan se frotó el estómago—. No vale la pena correr el riesgo de ser multado. Tendré que conformarme con algún sustituto.

—Tienes gustos muy del siglo pasado —dijo ella entre reclamo y broma. Luego recordó que intentaba recuperar la simpatía de Logan y añadió—: La Cazuela tiene papas fritas en gajos como acompañamiento.

Él sonrió. June tenía que aceptar que al menos los enlaces tenían esa ventaja: conocía a Logan tan bien como a sí misma o al menos eso creía.

—Vayamos a La Cazuela —aceptó él—, pero sigues invitando tú.

Los enlaces por lo general no separaban el dinero, pero June y Logan sí. De hecho, muchos enlaces vivían como un único individuo:

ni se molestaban en hacer la separación en sus nombres. Usaban un solo nombre juntando los suyos, dando como resultado uno nuevo e impronunciable. June se negaba a creer que necesitaba de Logan para estar completa. Ella era, en sí, un individuo… que no podía vivir sin Logan, pero un individuo al fin y al cabo.

Sabía que él seguía molesto y que tenía infinidad de quejas sobre ella, pero no las diría. Siempre se las tragaba y continuaba.

Salieron a la calle tomados de las manos. No era un acto romántico o cariñoso, era simple sentido común. Todos sabían lo doloroso que era ser tirado del enlace o que se enredara con algún objeto. Tomarse de las manos era la forma más simple de proteger la integridad del trozo de carne que los unía. No había que ser un genio para saber que era necesario cuidar del enlace: si se rompía la conexión, ambas partes morían en el acto.

Solo les tomaría un par de minutos y algunas cuadras llegar, así que prefirieron pasar de usar una motocicleta autónoma y caminaron sin prisa por la ciudad. La Cazuela era el lugar por excelencia en los alrededores. Servían comida casera y económica, en un ambiente agradable.

Diana trabajaba en La Cazuela y June creía que a Logan le gustaba. Al menos disfrutaba de su compañía. Cuando estaba con Diana, él hablaba con libertad. En esos momentos, June encendía su *casco* y les daba intimidad. Logan era bueno con ella, merecía su espacio. Esa era su forma de compensar su indiferencia, permitiendo que Diana llenara ese vacío.

Diego, el enlace de Diana, no solía cooperar tanto: interrumpía la conversación todo el tiempo. Si June quería que Logan disfrutara su tiempo con Diana, tenía que encargarse de Diego. Un par de veces había intentado distraerlo para dejarlos disfrutar de sus intereses mutuos, pero terminaba dándose por vencida. Diego era grosero, por describirlo de forma educada. Era pedante, presumido y retrógrado, por describirlo de una forma más acertada.

June no envidiaba para nada a Diana, tener que compartir la vida con Diego debía ser una tortura. Por eso ella luchaba, por parejas como Diego y Diana, para darles una oportunidad. Estaba segura de que si Diana pudiera elegir entre Diego y Logan, gustosa abandonaría a ese papanatas y correría a los brazos del desventurado que compartía enlace con June. Pero no podía. Diana se tenía que conformar con Diego, y Logan, soportarla a ella.

Una vez que se enlazaba a una pareja, era un vínculo inquebrantable. Cada una de las partes del enlace necesitaba a la otra para vivir. O al menos eso decía la teoría universal de enlazamiento. June tenía una mente más abierta. Había leído de tiempos mejores, donde las personas podían elegir con libertad con quién compartir su vida o incluso si deseaban permanecer solas. Estaba segura de haber visto la noche anterior la prueba irrefutable de que su hipótesis era correcta.

Diana se acercó a la entrada, seguida de lejos por Diego. Al menos el enlace que los unía era uno de los más largos y flexibles que June había visto. El mismo sistema debía saber que nadie soportaría tener a Diego demasiado cerca por el resto de su vida.

—¡Bienvenidos a La Cazuela! —saludó Diana con entusiasmo, como si fuera la primera vez que visitaban el restaurante. El cabello castaño le caía en definidas ondas sobre los pechos. Entre mechón y mechón se podía distinguir los colores de su enlace: el lila de ella y el rojo oscuro de Diego. Logan la saludó con la mano y ella los llevó al sitio de siempre—. La especialidad de hoy es…

—Eso suena delicioso —la interrumpió Logan con una sonrisa. Fuera lo que fuera que le recomendara, lo comería—. Quiero eso con…

—Papas en gajos —ahora fue Diana la que lo interrumpió con una sonrisa igual de amplia y un ligero meneo de cadera—. Los nuevos lentes te lucen mucho. ¿Y para ti? —le preguntó a June, sin apartar los ojos de Logan.

—La sopa del día para mí, por favor. También con papas.

—Con gusto —Diana les dedicó su mejor sonrisa, casi cerrando los ojos.

June creía que Diana era demasiado amable en su trabajo para que los clientes pudieran obviar que, atado a ella, Diego se mordía una uña y la escupía al piso. Diana se disculpó por su pareja con una sonrisa y se alejó contoneándose, y cómo no, Diego la siguió.

—¿Cómo van las ventas? —preguntó June en cuanto Logan volvió a prestarle atención.

Él se encogió de hombros y contestó:

—No me quejo. Me va mucho mejor de lo que habría podido soñar jamás.

Logan era un ilustrador muy talentoso y llevaba meses vendiendo sus cómics de forma virtual. Y aunque era reservado y humilde sobre el tema, había ganado popularidad entre los adolescentes. Algunas veces las personas lo reconocían en la calle y le pedían autógrafos.

—¡Amé la reedición del primer volumen! La nueva portada de Ikeda mirando el reflejo desde el agua, con la vista de Montezuma de fondo —Hizo su mejor cara de impacto, rayando en la parodia.

Logan sonrió. Siempre lo hacía cuando hablaban de sus creaciones. Y lo hacía con una "sonrisa completa", así la llamaba June. Era aquella que dejaba al descubierto los hoyuelos de ambas mejillas. Si al sonreír solo mostraba uno de los dos, era una media sonrisa, y si no mostraba ninguno, no era una sonrisa sincera.

— ¿Crees que es demasiado evidente? —preguntó él

—¡Para nada! Me parece una genialidad que el mayor giro de la historia esté justo ahí en la portada, desde el inicio. ¿Vas a agregar el capítulo extra en esta nueva edición?

—Uno de ellos.

—¿El del pasado o el del futuro?—June se sentó al borde de la silla y movió los pies con impaciencia. Él no continuó. June lo miró, exigiendo más información.

—Eso arruinaría la sorpresa —se excusó él, cruzando los brazos sobre el pecho, y se llenó los pulmones de aire para lucir más fornido en esa posición.

—No me hagas suplicar —dijo ella, haciendo un falso puchero.

Logan se rió con una sonrisa completa por el intento de June de convencerlo, pero antes de que pudiera decirle más, fueron interrumpidos por Diana, que se robó la atención de Logan. Traía las órdenes y unos platos de más.

—Es nuestra hora de almuerzo —dijo Diana con timidez. June puso los ojos en blanco y reprimió las náuseas. Detestaba escuchar cuando una persona hablaba en plural de sí misma por su enlace—. ¿Podemos acompañarlos?

Logan le indicó los asientos frente a ellos. June corrió con la suerte de tener que ver comer a Diego. «Vaya placer», pensó con ironía.

—Yo creo que es cierto. Son demasiados testigos como para que sea una mentira —dijo Diego, continuando la charla que estaba teniendo con Diana.

Diana bufó mientras ponía los ojos en blanco. Logan y June se miraron sin comprender.

—Hay rumores de que anoche vieron a un *solo* salir del Oráculo —aclaró ella.

Logan abrió los ojos, asombrado. Hasta ahora su lado conservador había podido reprimir el recuerdo de ver al *solo* la noche anterior. Creyó haber visto mal cuando perdió sus lentes, pero si más personas lo presenciaron, no podía seguir engañándose.

La noche anterior, Logan vio a un *solo*.

La sonrisa en el rostro de June era imposible de esconder.

Los *solos* no existían, se vivía en pareja. June perseguía las historias de personas que habían sobrevivido a la separación de su enlace o incluso a la muerte de su compañero. No eran demasiadas. Tampoco tenían evidencia científica ni pruebas. La existencia de reportes de *solos* abría las posibilidades.

June había escuchado incluso de algunos únicos: personas que no fueron asignados a una pareja desde el nacimiento y que siempre fueron libres. Ese artículo era el que tenía más comentarios negativos. La llamaban hereje, loca y anarquista. June soñaba con conocer a un *solo*. La perspectiva de que uno estuviera cerca era un golpe de adrenalina delicioso y significaba que no estaba loca.

La noche anterior, June vio a un *solo*.

—Debe ser un bicho raro —dijo Diego, mostrando su comida a medio masticar—. ¿Qué otra explicación hay para que ande por ahí solo? —Se estremeció y luego miró a Diana con cariño.

Diana miraba a Logan. Por suerte, Diego también era creyente y no le tomó importancia.

—A mí me da lástima —Diana negó con la cabeza y revolvió la comida en su plato—. Debe estar sumido en una soledad increíble. Pobre criatura.

—Yo creo que es fascinante —expuso June con tono soñador—. Tiene completa movilidad e independencia. Es dueño de su tiempo y es un individuo valioso por sí mismo. Me da mucha envidia. Si pudiera elegir, preferiría estar sola.

De inmediato se arrepintió de decirlo en voz alta. Diana la observó como si hubiera insultado a su madre y Diego, sin ningún tipo de disimulo, le indicó con un gesto que había perdido la cordura. Pero la reacción más dolorosa fue la de Logan: esquivó su mirada y se concentró en sus papas, en silencio. Se limitó a asentir o a negar a cada intento de Diana de llevar la conversación a temas más amenos.

Incómodo por la tensión que el comentario de June había desatado en la mesa, Diego buscó, sin pensarlo demasiado, algún tema que pudiera cambiar el ambiente.

—¿Les damos la nuevas? —preguntó Diego. Diana abrió los ojos y negó con la cabeza de forma discreta, un gesto demasiado sutil para que él lo captara—. ¡Decidimos tener un bebé!

El rostro de Diana se pintó de rojo mientras sonreía apenada. Diego agarró la mano donde los unía el enlace y se la besó. Logan no despegó la mirada de su plato. June le había acercado su porción de papas como ofrenda de paz, pero él no las había tocado.

June se apresuró a fingir una felicitación. Diana y Diego eran bastante jóvenes, al menos cinco años menores que ella y Logan, pero en un mundo donde las personas conocían a sus almas gemelas

CAPÍTULO 5: FAMILIA

June despertó con un agudo dolor de cabeza. Había dormido pésimo, le pasaba cada vez que dormía con el *casco* activo. Aún estaba oscuro. Logan solía despertarse temprano para hacer ejercicio, pero seguía durmiendo junto a ella.

Ella lo miró. Estaba boca arriba, con los labios abiertos. No llevaba camisa. Tenía el pecho ancho y tonificado. Por más que June odiaba el tiempo en el gimnasio, esperando a que Logan terminara su rutina, no se quejaba de los resultados.

June se emocionó al recordar lo ocurrido el día anterior. Se le aceleró el pulso y una sonrisa poseyó sus labios.

Ver al *solo*...

No era un único, era un solo. Alguien que había tenido un enlace en algún momento, pero ya no lo tenía. Se suponía que eso era imposible. Una vez que una de las partes del enlace se adaptaba al flujo sanguíneo de su pareja, era imposible separarlos. Necesitaba a su compañero para que su sangre se purificara. Al final todo había empezado ahí, en la necesidad, en la adaptabilidad. El cuerpo se vio obligado a mutar para sobrevivir. Cuando la humanidad empezó a mermar por las nuevas condiciones del aire, los humanos se vieron forzados a buscar la forma de suplir de forma orgánica las carencias que tenían.

Primero estuvo el canibalismo. Un doctor chileno descubrió que las hormonas que le faltaban las podía encontrar en su criada, así que la usó para suplirlas y extendió su vida. Una vez muerta ella, necesitó de nuevo suplir su faltante. Fue así como el doctor Vega mató a quince mujeres en su intento por sobrevivir.

Luego el parasitismo. Un doctor argentino logró alimentar su faltante con una mujer comatosa que tenía bajo su cuidado. No estaba del todo viva, por lo tanto no moría, y el doctor podía continuar con su vida.

Por último llegó la relación simbiótica, propuesta por un doctor costarricense. El concepto era simple: yo tengo lo que necesita alguien y alguien tiene lo que yo necesito. Ambas partes se beneficiaban del intercambio, y como ambas partes estaban vivas, podían seguir restableciendo las hormonas que ambos requerían. Así se crearon las primeras redes de parejas de perfección genética.

Poco después nació el Oráculo y las muertes cesaron. También se acabó la vida como la conocían. Los enlaces preservaban a la humanidad: una mejorada, una que olvidó a los individuos.

—Buenos días —saludó Logan, sacándola de sus pensamientos.

Si seguía molesto, lo disimuló muy bien. No intentó hablar o solucionar lo que había pasado, solo volvió a ser el de siempre. June habría preferido que se enfrascaran en una pelea y discutieran hasta llegar a un punto medio, pero en cambio todo se reducía a una única verdad: que existían dos tipos de personas, las que creían y las que no.

En el mundo en que vivían la gran mayoría creía. Les gustaba hacerlo. Logan era un creyente y vivía fiel a su creencia. A June le sorprendía que no se hubiera quebrado aún. No necesitaban discutir porque él creía. Tenía la absoluta certeza de que ella era perfecta para él.

June quería pruebas. No tenía la certeza de que el amor se produjera solo por sangre compartida. Sabía de antemano que los lazos sanguíneos no eran suficientes para amar a alguien y ella no amaba a Logan. Lo quería, claro, él había estado para ella, pero no era suficiente para querer entregarse a él sin reparos.

—¿Tienes ánimo para un paseo? —preguntó él.

June sonrió. «¡Oh, el buen Logan! ¡Siempre tan predecible!», pensó.

Cada vez que discutían, él necesitaba conversar con su hermana Sofía. Los padres de Logan vivían a dos horas y tuvieron la enorme suerte de conservar a sus dos hijos. Sofía y su enlace vivían aún con ellos, y Logan y June vivían lo suficientemente cerca para visitarlos de vez en cuando.

June afirmó con la cabeza. Era lo menos que podía hacer por él.

Se levantaron, empezaron a desvestirse en silencio y se bañaron sin reparar en el otro. Su cuarto de baño fue construido con dos regaderas en paredes opuestas, una idea de June para conservar algo de intimidad. Así cada uno miraba a una pared, dándose la espalda. Logan tenía ideas mucho más interesantes para sus duchas, pero por alguna razón, la June de diecisiete años había empezado a evitarlo y hasta ahora continuaba haciéndolo. Él pensó en Diana y, para su pesar, en Diego: seguro ellos disfrutaban mucho más las duchas. Logan agradeció estar de espaldas a June y no tener que explicarle su estado.

Se vistieron con cuidado para no lastimar el enlace y salieron.

El recorrido era largo, así que solían tomar el desayuno en el tren, rumbo a casa de los padres de Logan.

—Sofía está en su tercer trimestre —le contó Logan mientras desayunaban.

—¿Tan pronto?

—Es la primera vez que llegan tan lejos. Luego de tres pérdidas durante cinco años, merecen tener a su bebé. Me envió fotos —Logan se inclinó para mostrarle el antebrazo a June. En las fotografías, Sofía presumía su abultado vientre—. Creo que mis padres harán preguntas incómodas. ¿Crees poder dejar al mínimo los comentarios groseros y las discusiones religiosas? Solo quiero un poco de paz. Ayúdame a mantener las apariencias.

June lo miró ofendida y se preparó para reclamarle, pero se contuvo. Los padres de Logan eran devotos creyentes de los enlaces.

¿Y cómo no serlo? Se amaban con locura. Aunque tenían más de cincuenta años juntos, se amaban con pasión desbordante, se les escapaba por los poros lo mucho que deseaban estar juntos.

—Prometo comportarme —respondió ella. Se le ocurrió una idea—: Prometo comportarme, si a cambio hablamos de lo que pasó en el Oráculo.

Logan la miró sorprendido.

—Quiero hablar del *solo* —añadió ella en un susurro.

Logan se desinfló y dejó ir la idea de hablar con ella sobre su relación, sobre el beso.

—June, no hay mucho de qué hablar. Sin mis lentes no puedo estar seguro de lo que vi.

—Al menos dime que también viste el enlace roto. No era un único, era un solo.

Logan respiró profundo. Hasta ahora había ignorado el tema porque chocaba con sus creencias. Pero no podía negarlo más, era la verdad.

—Sí, June, vi su enlace roto. Estaba vivo, sin su enlace.

June aplaudió en silencio, emocionada por la confirmación del descubrimiento.

—¿Sabes lo que significa? —preguntó ella, y contestó de inmediato—: ¡Que se puede! ¡Que es posible! Que no tenemos que estar forzados a vivir siempre atados a alguien. Que hay una manera de vivir de forma independiente.

—¿Por qué quieres estar sola? —preguntó Logan. Aunque la verdadera pregunta que quería hacer era: «¿Por qué no quieres estar conmigo?»

—No quiero estar sola, solo quiero tener la libertad de estarlo. ¿Te imaginas poder bañarte a la hora que quieras sin tener que esperar a que yo me levante?

Logan se imaginaba besándola bajo el agua mientras se duchaban, pero la idea de June tampoco sonaba del todo mal.

—Sin ti creo que estaría asustado —se aventuró a suponer Logan.

manos varias veces con intención de tocarla, pero terminó por decidirse a no hacerlo. La miró en silencio sin saber qué hacer o qué decir para consolarla. No le hizo preguntas, sabía por experiencia que no recibiría respuestas. A Logan el dolor de June le destrozaba el pecho pero no sabía cómo ayudarla, y ella tampoco le ponía la tarea fácil. Lo había rechazado tanto que había terminado por destruir su poca iniciativa. Luego de unos minutos, ella se retocó el maquillaje y salieron como si nada.

Al regresar a la sala, los padres de Logan se habían marchado para preparar la cena. Sofía los esperaba. Sebastián contestaba una llamada con su *casco* activo.

—¿Puedo hablar con ella en privado? —preguntó Logan.

June asintió, presionó su audífono derecho y la característica luz azul del *casco* le cubrió la mitad del rostro. Logan la dirigió a la sala y se sentó frente a Sofía.

—Leí el artículo de June —confesó ella, acariciándose el vello de los brazos para no mirar a Logan al rostro—. ¿Estás bien?

—Es mentira, no pasó nada —contestó Logan. Sofía respiró aliviada con tanta fuerza que su abultado vientre se sacudió—. Bueno, no nada. Nos besamos.

Sofía levantó la vista, emocionada, y sonrió. Ella no tenía hoyuelos, pero mostró tan genuina ilusión que se le iluminó el rostro como si fuera una sonrisa completa.

—No es lo que crees. Es más complicado que nunca. Sofi, vimos a un solo en la ciudad…

A Sofía le tomó casi medio minuto entender lo que su hermano decía o tal vez aceptarlo. Cuando vió en la severidad del rostro de Logan que hablaba en serio, negó horrorizada y miró a todas partes para asegurarse de que nadie los escuchaba.

—¿Eso… eso es posible?

Logan le contó toda la historia: el allanamiento en el Oráculo, cómo pasaron la noche juntos, cuando se besaron y la discusión de la noche anterior.

—Pobre —dijo por fin Sofía—. Debe estar aterrado sin su enlace.

—June cree que es un revolucionario. Un símbolo de libertad. Sofí, ¿y si...? —confirmó que aún estuvieran solos—. ¿Y si tiene razón? He sido paciente y no ocurre. Empiezo a creer que June tiene razón.

Sofía negó con la cabeza.

—Esto no ocurre al azar —dijo Sofía, señalando su enlace.

—Claro que no. Es respuesta al algoritmo del Oráculo —respondió Logan con amargura.

Sofía negó con la cabeza de nuevo.

—No dejes que se meta en tu cabeza. Todo está escrito. No pierdas la fe. Pronto llegará el momento para ustedes.

Logan meneó la cabeza, escéptico.

—¿La quieres, Logan? ¿Amas a June?

Logan miró a June. Llevaba el vestido azul que él le había obsequiado dos cumpleaños atrás. Era auténtica tela, fina y vaporosa, tenía varias capas, y se ajustaba con pequeños moñitos que mantenían el vestido en su lugar, exponiendo la piel de los hombros. Era sexy y a la vez muy práctico porque no lastimaba el enlace. Recordaba lo feliz que había estado al tocarlo, también lo mucho que había preguntado cuánto había costado, y lo insistente que había sido en regresarlo cuando Logan se negó a revelarle el precio. Pero el recuerdo más agradable fue ayudarla a ponérselo por primera vez. A Logan le costó muchísimo trabajo atar cada moñito porque ella no dejaba de jugar con la falda del vestido. La tela seguía sus gráciles movimientos, mientras giraba una y otra vez, modelando solo para él. Sonreía de oreja a oreja y había dicho que era lo más hermoso que tenía. Le agradeció por semanas, y aún ahora, lo usaba solo cuando salía con él.

No estaba seguro de qué sentía. Antes era mucho más simple quererla. Era más transparente, se dejaba amar. Ahora cada día usaban más sus *cascos*, se miraban menos y prácticamente no se tocaban. Ella no hacía más que alejarlo y él estaba cansado del rechazo.

—Ella no me ama. Y es cuestión de tiempo para que yo deje de hacerlo...

—Francamente te comprendo. No sé cómo la soportas —dijo Sofía. Logan la fulminó con la mirada—. Es una hipócrita. Se la pasa quejándose de los enlaces pero trabaja para el Oráculo.

—June solo aceptó ese puesto para mantenernos mientras mi carrera despegaba. Nunca lo dijo pero estoy seguro de eso. Me permitió renunciar a mi trabajo corporativo para dedicarme a algo que realmente amaba.

Decirlo le desbloqueó recuerdos: June ayudándole a presentar su carta de renuncia, motivándolo a dibujar, pagándole clases e invirtiendo incluso en papel para presentar ejemplares de lujo. Ella trabajaba para su enemigo declarado para que fuera feliz, pero él también deseaba hacerla feliz. Deseaba limpiarle las lágrimas, cerrarle las heridas, amarla como ella lo había amado. Claro que la quería.

Sofía sonrió orgullosa al mirar el rostro embobado de su hermano. Había llegado justo al punto.

—Los enlaces son una guía. Por eso Sebas me pidió que nos casáramos. Aunque era obvio que no había otra opción. June quiere tener más opciones porque no está segura de la opción que tiene al lado. Creo que le asusta que no la ames.

Logan suspiró cansado y afirmó con la cabeza. Había estado tan enfocado en convencerse de que June era perfecta para él que no se había molestado en cultivar su relación, en cuidar lo que tenían.

Luego de cenar y de jugar juegos de mesa hasta muy entrada la noche, se retiraron a la habitación que solía pertenecerles mientras crecían. June se limpiaba el maquillaje sentada frente al espejo, mientras Logan revisaba mensajes en su brazalete.

June lo observó en silencio. «Algo no está bien», pensó. Logan la miró y le sonrió. «¿Por qué no usa su *casco*? Siempre lo usa antes de dormir».

—Han pasado años. Es muy cruel tenerlos esperando cuando sabes que no ocurrirá —dijo ella, con la intención de borrar aquella sonrisa de sus labios—. Creo que cometes un error al mentirles. Nunca van a tener un nieto de nuestra parte. ¿Cuándo piensas decirles que no estamos juntos?

Para molestia de June, Logan se encogió de hombros, y sin borrar la sonrisa, dijo:

—Nunca digas nunca.

Él se situó detrás de ella y le apartó los mechones del lacio cabello oscuro de la espalda para ayudarla a soltar el amarre del vestido. Logan trabajó con diligencia soltando los pequeños moñitos. June lo siguió con la vista en el reflejo del espejo. La mirada de Logan le ardía sobre la piel.

La ayudaba cada noche a desvestirse pero nunca con aquel cuidado, con aquella devoción. Cuando desató el último moñito el vestido le cayó hasta la cintura, revelando la ropa interior de June, las curvas de su pechos y los colores de ambos perdiéndose sobre su corazón. El morado y el amarillo bailaban sobre su pálida piel. Él la buscó en el espejo y la descubrió mirándolo, y lo que vio en sus ojos no le disgustó en lo más mínimo, no había miedo ni aprensión. Él dibujó una sonrisa completa y no la soltó. Tenía dedos ágiles y suaves, que dibujaban caricias con la yemas sobre su piel. Le acarició el cuello, le recorrió los hombros, le frotó y masajeó la espalda en silencio.

—¿Qué haces? —preguntó ella con desconfianza, mirándolo en el reflejo del espejo. Todos los músculos de la espalda se le tensaron, la curva de los pechos subía y bajaba al ritmo de la respiración.

—Hoy fue un día largo, June. Sé que venir aquí es cansado para ti. Pensé en ayudarte a relajarte.

Ella miró ceñuda el reflejo de Logan en el espejo. Él, en cambio, lo hizo con cariño. Ella cerró los ojos y se acomodó mejor en la silla para recibir el masaje.

—¿Qué nos pasó? —preguntó él.

—Maduramos —contestó ella, y por más que disfrutaba el masaje, aquella pregunta la obligó a darlo por terminado. Se puso de pie para ayudarlo a quitarse la chaqueta. El vestido terminó por deslizarse hasta los tobillos, exponiendo su cuerpo por completo. Logan se obligó a seguirla mirando al rostro. —Éramos poco más que niños. No sabíamos lo que estábamos haciendo.

—Yo sabía lo que estaba haciendo: me estaba enamorando. ¿Tú me querías, June?

Ella detuvo la cremallera en el hombro de él. Tomó aire, lo miró a los ojos y contestó:

—Te sigo queriendo.

—No lo parece. Siempre buscas cómo esquivarme —Él posó una mano en la cadera de June y le acarició la piel con delicadeza.

—No te quiero como quisieras, pero te quiero.

June apartó la mano de Logan y lo rodeó para recostarse en la cama. Él la siguió para no tirar del enlace. Se acostó frente a ella, se llevó las manos a las orejas, y para sorpresa de June, se retiró los audífonos y los dejó en la mesita de noche. June esperó que él se girara para darle intimidad al dormir, pero él se limitó a acomodarse mejor y mirarla en silencio. Luego de unos minutos, June se convenció de que él tramaba algo, así que se llevó la mano al audífono para encender su *casco*, pero la mano de Logan la detuvo a medio camino. Negó con la cabeza y dijo:

—No es necesario.

Ella no lo activó.

June perdió la batalla ante los verdes ojos de Logan. No recordaba haber conciliado el sueño de manera tan profunda en mucho tiempo.

CAPÍTULO 6: INVITACIÓN

A June el desayuno le resultó mucho más agradable de lo esperado. Los padres de Logan se lucieron con la variedad de platillos: había avena con manzana, pan recién horneado, bandejas de fruta y café con leche de arroz casera. También les prepararon varios paquetes de comida para la semana. June agradeció el detalle, sonriendo mucho más de lo que pretendía.

—Parece que tuvieron una buena noche —comentó Sofía con una risita.

Logan se sonrojó hasta la frente. Él había dormido poco la noche anterior, pero eso no evitaba que hubiera sido maravilloso. Había pasado la mitad de la noche mirando cómo June luchaba por no ser la primera en quedarse dormida. Le parecía muy tierna intentando mantener los párpados abiertos. Pasada la una de la mañana, Logan se despidió en silencio del rostro de June y cerró los ojos para dejarla descansar. Minutos después, los abrió una vez más para verla dormir. Sin la molesta vibración de los *cascos*, aún esas escasas horas de sueño resultaron satisfactorias. La mejor noche que había tenido en años.

—June, cariño, esto es para ti —Mónica le entregó un paquete de píldoras—. Son... —empezó a tamborilear los dedos contra su barbilla, mientras pensaba cómo llamarlas sin sonar ofensiva— vitaminas. Espero que les ayuden a tener más suerte.

—Ma, esas pastillas son muy costosas. No podemos aceptarlas. Esperaremos lo que tengamos que... —empezó Logan, intentando apartar el paquete.

—Muchas gracias —contestó June, recibiéndolas con una sonrisa—. Una ayudita extra no está de más.

Logan miró intrigado mientras su madre le explicaba a June cómo debía tomar las supuestas vitaminas y se sorprendió al verla tomar la primera dosis ahí mismo. June le sonrió. Una punzada de esperanza creció en el pecho de Logan.

La repetitiva vegetación desde la ventana se transformó en esporádicas casas y luego en edificios conforme dejaban la zona residencial y regresaban a la ciudad.

—No estuvo tan mal —confesó June en el tren de regreso.

—Te portaste a la altura. Mi madre estaba encantada —Logan pasó el brazo por los hombros de June—. Creo que la próxima vez que vengamos será para conocer al bebé.

—Hace mucho no veo uno. Ya quiero cargarlo.

Logan sonrió. Estaba emocionado por abrazar a su sobrino, y la idea de June cargando al bebé le resultó cálida y conmovedora.

—June, no tienes que tomarte las hormonas…

—Lo sé, pero quiero hacerlo. Sé que es complicado llevar un embarazo a término. Quiero estar preparada.

Logan se sonrojó y la estrechó entre sus brazos. Sabía que June disfrutaba más de su compañía, pero le sorprendió escucharla pensar en que tuvieran un hijo. La niebla se esfumaba ante su relación y un nuevo mundo de posibilidades era visible por primera vez. Dejó volar su imaginación: regresó a cuando tenían diecisiete años y no podían quitarse las manos de encima, cuando soñaba con ilustrar la mejor película animada y June con mejorar la composición hormonal de los enlaces para tener menos pérdidas gestacionales…

—El lunes tendré un invitado —informó ella con naturalidad.

Logan se quedó frío. Casi pudo escuchar cómo su pequeño mundo se destruía.

Un invitado.

Esa era la palabra clave para informarle que había encontrado a un loco en internet que, a pesar de tener un enlace, estaba interesado en tener una relación con la mujer de otro. Logan rechinó los dientes, molesto. La idea de haber mejorado su relación se esfumó con una velocidad de vértigo. La meta de lograr que June lo amara era imposible si ella insistía en ver a otros hombres.

Ella había recibido invitados varias decenas de veces. Algunos eran tan extraños que solo se quedaban por unos minutos, otros pasaban la noche y unos pocos habían regresado un par de veces. Al final desaparecían. Logan los odiaba a todos por igual. Odiaba tener que activar el *casco* y sentir los tirones en el enlace mientras June se movía, interactuando con ellos. Su cabeza creaba cientos de visiones de ella con sus invitados que le revolvían el estómago. Repudiaba la idea de que alguno de ellos por fin llegara al corazón de June, aunque suponía que la mayoría solo pretendía llegar a sus bragas.

No dijo nada. Se mordió la lengua y se ahorró la pelea. June había gritado y pataleado por su derecho a decidir sus amistades y compañeros. A Logan todo aquello le parecía una aberración. No entendía por qué ella luchaba con tanta ferocidad por encontrar fuera de su enlace lo que se suponía que deberían tener ellos.

No intercambiaron más palabras durante el viaje.

En silencio se dirigieron al oculista y recogieron los nuevos lentes de contacto de Logan. Luego regresaron a su apartamento, donde cenaron algo sencillo y se dedicaron a sus asuntos. A pesar de estar furioso, Logan no activó su *casco*. Se mantuvo firme en mirar a June hasta que se quedara dormida. Esta vez ella se rindió más pronto.

—¿Qué haces con ellos? —preguntó Logan la mañana del lunes, mientras desayunaban antes de irse al trabajo de June.

—¿Con quiénes? —preguntó ella mientras preparaba café chorreado. Hubiera sido más sencillo usar la máquina dispensadora de alimentos, pero ella prefería prepararlo a la antigua.

—Con tus invitados. ¿Qué hacen cuando vienen? ¿Con qué objetivo vienen?

—Pues nos conocemos —contestó June, apenada, apartando la mirada. Sabía que aquel era un tema que incomodaba a Logan y no quería profundizar en demasiados detalles. No era su intención ofender su fe con la presencia de sus invitados, pero conocer a más personas era la única forma de encontrar un compañero idóneo para ella.

—¿Y cómo logran eso?

—Hablamos y descubrimos si somos compatibles.

—Quiero intentarlo —declaró Logan.

June lo miró intrigada. Era inusual que él quisiera intentar nada nuevo, y mucho menos algo tan atrevido y pecaminoso como buscar pareja fuera de su enlace.

—¿Quieres que te ayude a buscar una chica interesada en conocerte? —preguntó June con una sonrisilla triunfal.

—No, no me refiero a eso. Quiero ser tu invitado.

—No comprendo.

—Quiero que te reúnas conmigo como si fuera un desconocido más y descubramos si somos compatibles —dijo Logan, soltando su emparedado. La observó con más determinación de la que había mostrado en su vida. Había practicado durante toda la tarde y la noche su propuesta, y estaba decidido a llevarla hasta las últimas consecuencias. No podía soportar más la llegada de hombres a su casa a reclamar, sin ningún reparo, a su alma gemela.

—Dame una oportunidad de competir —continuó él—. Tienes años viviendo conmigo, ignorándome. Pero en cambio, buscas por cielo y tierra a esos perdedores para invitarlos a casa y conocerlos. Dame una oportunidad, quiero intentarlo.

—No son perdedores —se apresuró ella a corregirlo—. Algunos son muy... interesantes.

—Puedo ser muy interesante también —replicó Logan—. No pido trato preferencial. De hecho, pido todo lo contrario. Olvídate de que me conoces. Olvida el enlace. Empecemos de cero, como con ellos. Dame una oportunidad...

June negó con la cabeza y apretó el ceño. Pensaba que Logan se estaba burlando de ella.

—Si esto es una artimaña para que deje de traer invitados, no va a funcionar.

—No te estoy pidiendo que cambies los planes que tienes con ellos —le aseguró Logan, resignado a la existencia de esos tipos—. Haré fila, esperaré mi turno.

—Lo pensaré —contestó ella, más que todo para terminar con la conversación.

Logan no se daría por vencido. Estaba decidido a ganar una oportunidad en el corazón de June, y con suerte, también en sus bragas.

Logan no recordaba la última vez que la había visto trabajando. Solía pasar horas dibujando viñetas en su *casco* mientras June trabajaba. Eso no sucedería más. Llevó una sencilla tableta de dibujo y trazó las ideas para el nuevo volumen, mientras observaba cómo June calculaba las necesidades hormonales de un recién nacido. Delgadas líneas de expresión surcaban su frente por lo concentrada que estaba. Mordisqueaba el borrador del lápiz haciendo cálculos en su cabeza. Negaba y afirmaba con cada una de las fórmulas que trazaba.

El Oráculo tenía algoritmos para casi todos los tipos de limitaciones hormonales, pero cada cierto tiempo nacía un individuo que desafiaba los estándares y que tenía que ser tratado de forma especial. Para esos casos estaban los emparejadores: científicos entrenados para balancear cargas hormonales, que se aseguraban de encontrar una pareja idónea para un individuo. Ese, de forma paradójica, era el cargo que desempeñaba June. Era una de las mejores emparejadoras de su generación.

En un arrebato de frustración, June tachó toda la fórmula que había escrito y se golpeó varias veces la frente con el puño.

—¿Algo anda mal? —preguntó Logan. June se sobresaltó y notó su presencia.

—No traes el *casco*—dijo entre sorprendida y sospechando de él—. ¿Por qué?

—Creo que pasaba demasiado tiempo ahí metido —contestó él, quitándole importancia—. Me gusta ser parte de tu mundo, quiero demostrártelo.

June parpadeó sorprendida. Sonrió con timidez y desvió la mirada. Logan conocía esa reacción: estaba apenada.

—Hay un caso que tiene más de un año en investigación —explicó ella—. Nadie logra descifrarlo. Lo más probable es que no exista aún la pareja idónea para ese niño. Si no hacemos algo pronto, morirá.

—No sabía que se podía vivir tanto tiempo sin enlace.

—No se puede —dijo June bajando la voz—. Este es el caso más longevo de un infante que ha sobrevivido sin enlace. Escuché que sus padres le han administrado hormonas sintéticas para hacerlo resistir tanto tiempo.

—¿Eso no es ilegal de alguna forma? —preguntó Logan, incómodo por la idea de que hormonas sintéticas estuvieran sustituyendo sus sagrados enlaces.

—Ilegal no —June negó con la cabeza y un brillo en sus ojos destelló cuando añadió—: Pero sí experimental. Esos experimentos son tan clasificados que se dice que el mismo Javier Jade guarda todo lo relacionado con ellos en su casa. Mataría por ponerle las manos encima a esos documentos. Investigaría de forma mucho más minuciosa que ese montón de puritanos retrógrados que no se atreven a...

June dejó la frase inconclusa. Logan se giró para ver qué producía tanto espanto en su rostro. Al ver el grupo que se acercaba, miró a

June, suplicando por una idea. El mismísimo Javier Jade y su mujer se dirigían a ellos con paso decidido. No tenía sentido encender el *casco*, era evidente que Javier los estaba buscando. No había dónde esconderse.

Javier tosió varias veces para aclararse la garganta al llegar junto a ellos y dijo:

—Buenas tardes.

June dibujó una tímida sonrisa y se encogió de hombros, intentando pensar en posibles razones para que el dueño de la compañía más importante de la actualidad le estuviera haciendo una visita. No las encontró. ¿Había reconocido a Logan de las grabaciones del otro día o alguno de sus más cercanos amigos la había vendido por esos diez salarios?

Javier vestía un impecable traje de diseñador. Un delgado zipper dorado abría la manga derecha desde el hombro para poder vestirlo con su enlace. Unida a Javier estaba Jade, una mujer rubia con cintura estrecha y pechos redondeados, con un traje a juego al de su esposo. Jade guardó silencio unos pasos por detrás de su marido. Intercalaba la mirada desde él hasta Logan, y parecía apenada.

—Cuando lo vi en las cámaras de seguridad no lo podía creer, pero ahora que lo tengo frente a frente no me queda duda —Javier observó a Logan, y borró cualquier duda del motivo de su visita.

—Señor, yo puedo... Yo no sé a qué se refiere —dijo Logan en su mejor intento de sonar casual.

—No sea humilde, muchacho —dijo Javier con voz gruesa y tosca—. Todos sabemos quién es. Incluso yo me declaro fan.

Le dedicó a Logan una sonrisa tan cálida que June temió por su vida. Tenía sentido. Los tratarían con respeto y cordialidad delante de los otros empleados para no levantar sospechas, pero al llegar a los sótanos les cortarían las lenguas si no confesaban dónde estaba el pulgar.

—Creo que... que me confunde con alguien más. Yo... Yo no trabajo aquí, soy solo el enlace de June.

—Claro que no trabaja para mí —replicó Javier, buscando algo en el forro de su saco—. Y ahora todo tiene sentido… ¿Es por eso que ella se hace llamar June June?

Logan tragó en seco. Pensó en clamar por misericordia, testificar contra June, darles el pulgar, pero eso no tenía sentido. De todas formas, si June iba a la cárcel, él la acompañaría. Y aún peor: si la condenaban a ejecución, él sufriría la misma pena.

Javier extrajo de su saco una bolsa transparente con un delgado libro dentro y se lo extendió a Logan. Él lo reconoció al segundo y lo tomó.

—¡Usted es Solo Logan! Mi hijo es un gran fan. Tiene toda la colección —Jade salió de atrás de su esposo, hablando por primera vez—. Esta es la más valiosa. Cuando lo reconocí en las cámaras de vigilancia, la mandé a buscar. Es la primera edición, antes de que se volviera famoso. Solo hay cuatro de esta edición.

—Solo hay tres —la corrigió Logan, sacándola del empaque con cariño—. No tenía dinero para el tiraje, así que yo mismo dibujé a mano alzada los tres ejemplares idénticos.

June dejó de temblar. No lo reconoció del video de vigilancia, sino como artista. «Solo Logan» era el seudónimo que June le había recomendado usar al empezar a publicar sus cómics. Su intención era desligarse de Logan y que él tuviera un nombre por sí mismo, que firmara su arte como Logan y no como Logan June. Pero a Logan le sonó muy divertido «Solo Logan» y lo usaba desde entonces para sus publicaciones.

—¿Lo firmarías? —preguntó Jade con timidez.

Logan afirmó con entusiasmo y buscó un lapicero entre sus pertenencias.

—Fue muy astuto ocultar la identidad de su enlace, así aparta a los curiosos. No ha sido fácil dar con usted. Mi hijo está obsesionado con sus historias. ¿Es cierto que tienen planes para hacer una película? —preguntó Javier, inclinándose sobre el escritorio.

—No, por el momento. Aunque me encantaría —confesó Logan.

—Toda la clase de mi hijo colecciona sus cómics. Se volverán locos cuando les enseñemos esto el sábado en su fiesta de cumpleaños —dijo Jade, emocionada. Se llevó las manos a la boca, conteniendo una idea—. ¡Tiene que venir a la fiesta con nosotros!

Javier la miró con desaprobación, incómodo por llevar a un extraño a su casa. Logan pensó que era tentar demasiado a su suerte aceptar esa invitación. Iba a formular una excusa, cuando June se apresuró a contestar, en un tono excesivamente elevado, casi un chillido:

—¡Será un honor acompañarlos! —se aclaró la garganta de inmediato—. Logan siempre aprovecha las oportunidades para conocer a sus fans.

Jade dio varios brinquitos, emocionada. Su esposo escaneó con la mirada a June y Logan. Debió encontrarlos dignos, ya que relajó el semblante y asintió.

—Su invitación me halaga. Siempre es bueno sentirse invitado. Me gustaría asistir siempre y cuando sea su invitado —dijo Logan, observando a June directo a los ojos. Jade arrugó la frente, confundida por el uso excesivo de aquella palabra. Pero para June estaba clarísimo: Logan aceptaba ir a casa de Javier Jade siempre y cuando ella lo aceptara como su invitado.

June suspiró fastidiada y asintió. Logan se giró y extendió la mano a Jade.

Esa noche Logan la observó prepararse. Ella se alació el cabello, se exfolió el rostro y se encrespó las pestañas. Se puso un vestido negro entallado, se depiló las piernas e incluso el área del bikini. Preparó una bandeja con varias salsas y galletas saladas. Cuando tocaron a la puerta, se calzó los zapatos de tacón y se acomodó los pechos en el escote. Todo sin mirar a Logan.

Era un ritual, la forma de June de prepararse para conocer al que podría ser el amor de su vida. Cada vez que recibía a un invitado, lucía ansiosa, emocionada. No importaba cuántas veces hubiera fracasado en su intento por encontrar a su hombre ideal, ella volvía a intentarlo con la misma emoción y positivismo de la primera vez.

June se detuvo en la puerta, esperando que Logan activara su *casco* antes de abrir. Él le dedicó una mirada llena de reproche antes de perderse detrás de la luz azul. El mundo de Logan quedó a oscuras. Segundos después, el *casco* cargó el escritorio de su computadora. No podía ver ni oír nada del exterior, pero el olor a colonia barata lo intoxicó. Imaginó a ese hombre saludar con un beso a June, acariciando el espacio desnudo en su espalda, halagando lo hermosa que se veía y a ella dedicándole una de esas despampanantes sonrisas.

Sintió un jalón en la mano de su enlace. June se desplazaba a los sillones. La imaginó revelando un escandaloso trozo de pierna al cruzarlas y a él intentando no mirarla, sin mucho éxito. A ella ofreciéndole botanas mientras le preguntaba sobre su día.

Otro jalón en su enlace lo obligó a ponerse de pie. Era demasiado pronto para que se trasladaran a la recámara. Logan no estaba listo para imaginar eso. Ni todas las horas de la noche lo preparaban para imaginar a June en los brazos de un extraño. Quiso quitarse el *casco*, enfrentarse a ese intruso a golpes, preguntarle qué estaba pensando al buscar fuera de su enlace algo que no había perdido. Pero no hizo nada, como todas las otras veces. Solo se encogió incómodo, intentando no interrumpir a June, esperando que ese tipo pronto se aburriera de ella y se marchara, temiendo en silencio que esta vez decidiera quedarse.

June cerró la puerta, molesta. Se quitó los zapatos, los lanzó a un lado y se amarró el cabello en una cola alta. Se sintió decepcionada por haber invertido tanto tiempo preparándose para recibir a semejante patán. Su primera señal de alerta fue ver entrar a su enlace sin usar el *casco*. Era una de las reglas básicas para ese tipo de encuentros. Luego verlo perderse en su escote y apretarla más de lo necesario al saludarla fueron la segunda y tercera señal. Aún así, June le dio el beneficio de la duda. Estaba empeñada en hacer funcionar esas visitas. Se comportó amistosa y cordial: los invitó a pasar e intentó hacer conversación. Le pidió a la mujer, unos años mayor a ella, que activara su *casco* para darle intimidad con su invitado. Fue justo en ese momento que supo que la noche sería un fracaso.

Su invitado se puso a la defensiva, molesto por la petición que le había hecho a su enlace. June le recordó que su acuerdo era solo con él. La mujer se puso de pie, ofendida, llamó a June ramera y tiró de su enlace para obligarlo a ponerse de pie. Tres segundos después estaban cruzando la puerta para esfumarse.

Logan sintió el toque de June en el hombro y contuvo lo mejor que pudo su entusiasmo al reconocer lo corta que había sido la visita. Desactivó el *casco*. June le pidió ayuda para bajarse la cremallera del vestido, derrotada. Logan se sintió de repente desanimado. Odiaba sus encuentros con esos hombres, pero verla triste luego de una cita pésima no era agradable. El dolor de June era su dolor y no tenía nada que ver con el enlace. La quería demasiado como para disfrutar verla tan desolada. Decidió comportarse a la altura cuando fuera su turno de ser su invitado.

—El martes recibirás un invitado —le informó Logan, bajándole la cremallera del vestido para dejar al descubierto su espalda.

Ella lo miró por sobre el hombro y afirmó con la cabeza, sin ánimos de discutir.

—¿Quieres cenar galletas con humus? —le preguntó ella, señalando las entradas que había preparado.

—Solo si vemos una película —le propuso él.

Ella sonrió y añadió burlona:

—Siempre y cuando no sea un aburrido romance.

—El romance que tengo en mente no tiene nada de aburrido —se defendió él con una sonrisa. Mostraba un hoyuelo, pero no con la usual alegría de una media sonrisa. Había algo diferente en él: sus ojos lanzaban chispas. Ardían con una propuesta mucho más íntima: una invitación silenciosa a vivir una aventura.

Pasaron un cuarto de hora eligiendo una película que pudieran ver, entre risas y un sutil coqueteo. Ella se quedó dormida con la cabeza en su regazo antes de la mitad. Logan le acarició el cabello y la espalda. El pijama acentuaba cada una de sus curvas, las formas suaves y redondeadas de su cuerpo. Luchó con todas sus fuerzas para no reaccionar a su contacto y despertarla.

CAPÍTULO 7: QUINCEAÑOS

—No sabía que seguías haciéndolo —dijo Logan la mañana del sábado, mientras June canturreaba preparando el desayuno. Logan cortaba vegetales para almacenarlos y usarlos el resto de la semana. Se arriesgaba a perder los dedos con tal de ver los movimientos de cadera de June.

—¿El qué? —contestó ella.

—Bailar.

Ella amaba bailar y él amaba verla hacerlo. Por un breve periodo de tiempo June había querido hacerlo de forma profesional. Su único problema: Logan no daba la talla para pasar ninguna de las audiciones, así que June dejó ir esa aspiración juvenil y ahora solo bailaba por diversión.

—Solo lo hago cuando estoy contenta —contestó usando el cucharón como maraca.

—¿Hace mucho no estás contenta?

—¿O hace mucho que no te quitas ese aparato para verme estarlo?

Ella sirvió el desayuno y se sentaron a comer. June esperaba encontrar algún indicio sobre las hormonas sintéticas en casa de Javier Jade, pero Logan llamaría la atención demasiado en esa fiesta como para pasar desapercibido.

Logan preparó material promocional de su nuevo proyecto y dibujó un par de afiches exclusivos para el cumpleañero. Sabía por los comentarios en sus redes sociales que su cómic estaba siendo bien recibido, pero nunca se había encontrado con un admirador en vivo, menos con la posibilidad de estar en un salón rodeado de ellos.

Quince minutos antes de las seis, June entraba del brazo de Logan a la residencia de Javier Jade. Cuando recibieron la invitación al evento, decía que era una pequeña reunión para conmemorar los quince años de su hijo mayor. June se sintió, de un momento a otro, vestida demasiado sencilla para el evento: los otros invitados lucían atuendos glamorosos, pulcros y extravagantes, mientras ella apenas rayaba en lo casual, con el cabello suelto y un vestido blanco hasta medio muslo. No llevaba collar y traía unas peineta en forma de mariposa. En cuanto entraron, arrastró a Logan al baño para esmerarse un poco más en su maquillaje.

Al terminar, June estaba mucho más maquillada y con el cabello recogido en un elegante moño. Logan entregó su invitación al portero y los guió con Javier y Jade. Ella lo abrazó como saludo y le presentó a su hijo: un muchacho delgaducho y encorvado que apenas pudo sostenerle la mirada cuando apretó la mano de Logan con entusiasmo.

El chico le mostró la colección de cómics que tenía. Logan miró extasiado todas y cada una de sus publicaciones, además de las sagas completas de sus autores preferidos. Que tuviera todas aquellas versiones impresas hablaba por sí solo de lo descomunal de su fortuna. El cumpleañero tomó el regalo de Logan y lo protegió de los dedos curiosos de sus compañeros, asegurándoles que era su posesión más valiosa.

Mientras Logan y el joven intercambiaban teorías sobre sus sagas preferidas, June notó que el enlace del muchacho no había dicho ni una sola palabra y se mantenía unos pasos por detrás de él. Ella llevaba un sencillo vestido oscuro y de vez en cuando se acariciaba los talones lastimados por los zapatos altos. June se preguntó si Javier y Jade también invertirían tanto dinero y esfuerzo en convertir su sala de estar en un salón de eventos cuando la chica cumpliera quince años. Sintió pena por ella, estaba sola en una casa llena de extraños. Era una extranjera en su propio hogar, invisible entre los mimos y saludos al festejado.

Dejaron al muchacho y a su cohibida enlace, y se acercaron a la mesa que les correspondía. Era un salón rectangular con amplias ventanas y unas enormes puertas de vidrio abiertas de par en par que daban paso a la terraza. Cientos de luces autómatas se movían, iluminando una fuente que lanzaba chorros de colores al compás de la música. Al fondo, una mesa con aperitivos y varias parrillas preparaban la cena sin necesidad de intervención humana. Veinte mesas circulares de cuatro plazas rodeaban el salón, dejando espacio para una pista de baile que nadie estaba usando.

Del lado derecho de la estancia estaba la cocina, desde donde esbeltos autómatas de servicio salían con bandejas de bebidas, y a la izquierda, una escalera de mármol que conectaba con el siguiente piso de la casa.

—¿Encontraste algo sospechoso en el baño? —preguntó Logan con sorna, al notar que June miraba a su alrededor en busca de cualquier pista.

—Necesitamos llegar al segundo piso. No creo que dejen nada incriminatorio en este salón —dijo June, ignorando la burla y centrándose en encontrar una forma de llegar a los aposentos superiores.

—No veo que tengan seguridad en las escaleras. Supongo que piensan que esta gente es demasiado adinerada como para robarles nada.

El DJ invitó a los presentes a acercarse a la pista de baile. Un pequeño grupo de chicas risueñas se acercaron, jalando a sus enlaces hasta el centro del salón. Ellas se reunieron en un apretado grupo a bailar, mientras ellos se debatían entre cubrirse el rostro o unirse al grupo de chicas y dejarse llevar por la música.

—No sé por qué están tan nerviosos. Solo tienen que tomar a su enlace y bailar —Logan se rió de ellos.

June lo vio indignada. Él levantó los hombros preguntando qué había hecho ahora.

—¿Sí recuerdas que en mi fiesta de quince años no quisiste bailar el vals conmigo?

—No es que no quisiera…

—Te negaste a moverte. Tuve que bailar con tu padre, junto a nosotros tu madre no dejaba de retarte por no querer bailar conmigo. Tú solo te movías junto a mí para no estorbarme. Fue uno de los peores momentos de mi vida…

June se giró para darle la espalda. Logan recordaba el día, ¿cómo olvidarlo?

—June, lo siento muchísimo. Yo…

—Olvídalo, fue hace diez años. Es demasiado tiempo como para preocuparse por eso.

—June —Logan la agarró por el hombro y la giró con delicadeza hacia él—, no sabía que había sido tan incómodo para ti.

—Déjalo —insistió, apretando la mandíbula—. Tenías razón, no era justo que te obligara a bailar conmigo.

Logan se puso de pie. June lo miró sorprendida.

—Baila conmigo —le pidió, extendiendo la mano que los unía por el enlace.

—No digas tonterías.

—Tengo una idea. Déjame compensarlo.

June lo observó. Lucía apuesto con su traje formal, el cabello oscuro y sus brillantes ojos verdes. También estaba nervioso, a la espera de su respuesta. Algo profundo en verlo así la hizo sentir poderosa. Saber que en sus manos estaba la decisión de permitirle bailar o negarse era embriagador.

—No es lo que crees. Yo moría por bailar contigo —le aseguró él.

June tomó su mano y se puso en pie, aún molesta. Él la guio a la pista de baile y la acercó como si fueran a bailar un vals: ella con una mano en su hombro y la otra sujetando la de Logan, y él aferrándola con firmeza por la cintura. Aunque la música que sonaba era electrónica, ellos bailaron a su propio ritmo.

—Gracias por aceptar bailar conmigo —dijo él, mientras dibujaba con sus pies el clásico cuadro de los pasos del vals.

—¿Cuándo aprendiste a bailar? —preguntó ella, incrédula, dejándose guiar por Logan.

—Fuimos cientos de veces a clases.

—Pero nunca lo intentabas. Nada más te quejabas y discutías con los otros chicos.

Logan la hizo girar y la atrajo hacia él, guiándola con destreza y soltura.

—Hazte la imagen. Yo tenía catorce años, frenos horribles y no medía ni metro y medio. En cambio, mi enlace era la chica más hermosa del salón. Cuando bailaba, la misteriosa cortina negra de su cabello la seguía indomable, como ella. Tenía piernas largas y firmes que trazaban líneas suaves al ritmo exacto. Se veía majestuosa y ella lo sabía, le sacaba provecho a cada movimiento. —Logan se acercó a su oído—. Eras más adictiva que una droga. —Se apartó, esbozó media sonrisa y añadió—: Incluso tenía unos pechos perfectos recién estrenados.

June sonrió, profundizando la curvatura de su espalda para presumir sus atributos, orgullosa y confiada, como lo había sido de adolescente. Logan extendió su sonrisa hasta llegar a una sonrisa completa.

—Esos mismos. Yo no era nada comparado con ella. Comparado contigo —añadió, acariciándole la espalda mientras bailaban.

June tenía que mirar hacia arriba para verlo a los ojos. Pero eso no siempre había sido así. Logan tenía razón: en aquel entonces, ella le llevaba diez centímetros y estaba mucho más desarrollada que él. Ella parecía una juvenil flor y él una oruga junto a ella.

—Todos los chicos querían ser yo, y yo... Yo soy solo Logan. No lograba seguirle el paso a esa chica. Era irreal verla bailar. Verte bailar me sigue pareciendo demasiado erótico. —hizo una pausa antes de continuar—. Te escuché hablando con Sofi sobre uno de los chicos, uno mayor. Él era más como tú y dijiste que desearías poder bailar con él. Yo creí que si me negaba a bailar, él te salvaría...

de mí. Pero resultó que tenía tanto miedo como yo. No quería arruinar tu momento. Bailarías feliz con él, al menos mientras yo me volvía digno de ti. Solo quería ahorrarte la molestia de avergonzarte con mi patética presencia. Pensé que te hacía un favor al dejarte bailar con alguien más.

—Yo quería bailar contigo —dijo ella con firmeza. Movió la mano de su hombro hasta su rostro. La última vez que lo había acariciado así, él aún no tenía vello facial. Ahora su rostro era mucho más áspero y duro, su mandíbula más marcada y la manzana más prominente. La última vez que habían bailado, Logan era un niño, ahora era un hombre. Pero la forma en la que se le oscurecieron los ojos al verla fue la misma.

—Y yo bailar contigo.

Logan se reconoció en aquel muchacho temeroso que había sido. Había crecido veinte centímetros y aumentado treinta kilos de músculo, pero seguía haciéndose a un lado para que June bailara con otros. Seguía quedándose callado mientras ella pensaba que él no la quería. Seguía siendo un cobarde, lo cual era más patético ahora que antes. Antes era demasiado joven, ¿qué excusa tenía ahora?

—Yo quería estar contigo, al igual que quiero estarlo ahora —dijo, acercándose a ella.

June no podía ver nada que no fueran los labios de Logan. Se sintió tan emocionada como al cumplir quince años. Ese día se había hidratado mucho los labios, esperando besar a Logan frente a sus amigos al terminar el vals. En cambio, esperó temblando en silencio. Ninguno de sus compañeros se atrevió a desafiar a sus enlaces y acercarse a bailar con ella. Luego vio cómo Logan, el chico por el cual su corazón latía con fuerza, le daba la espalda y se negaba a levantar la mirada. Con lágrimas en los ojos, ella aceptó a Mario Mónica que, con su usual amabilidad, la rescataba del desamor.

Ese momento había sido crucial para cimentar su deseo venidero de acabar con los enlaces. Pero la confesión de Logan lo cambiaba todo. Él hizo lo que pensó que era mejor para ella, aunque eso no lo incluyera a él. Sacrificar su felicidad por la de otro era la definición de amor más pura que June podía encontrar.

Logan se inclinó y tocó sus labios con los suyos. La besó de la misma forma que aquella chica de quince años había soñado ser besada. June respondió el beso sin prisas, siguiendo el compás de la música. Recuperaron un beso detenido en el tiempo, uno que había esperado años por regresar a ellos. June se separó y se sumergió en el pecho de Logan para ocultar el rostro encendido, al tiempo que respiraba con dificultad.

Un inocente beso de Logan le había movido el piso con un ímpetu inimaginable. Luego de tantos años e incontables intentos, seguía sin encontrar un invitado que la hiciera sentir como él lo hacía. Logan la apretó contra su cuerpo en un abrazo, luego tomó la mano que los unía por el enlace y caminó decidido a toda prisa, arrastrándola rumbo a las escaleras.

June subió de la mano de Logan y él abrió la puerta más lujosa que vio en el segundo piso. Entraron y la cerraron. June caminó hacia él para continuar lo que habían empezado en la pista de baile, ansiosa por probar sus labios de forma más profunda. Logan le dio la espalda y dijo:

—Creo que no nos vieron entrar, pero debemos apresurarnos.

Logan corrió al escritorio, obligando a June a seguirlo, y empezó a registrar las gavetas. Ella se quedó parpadeando confundida. Logan nunca había estado anuente a ayudarla en una de sus ocurrencias.

—¿Qué pasa? —preguntó él al ver que ella no se movía—. Te dije que te compensaría por lo de tu quinceañeros. Con todos los ojos sobre nosotros en la pista de baile creerán que nos escapamos buscando intimidad.

June se sintió decepcionada en primera instancia. Se vio deseando seguir bailando contra el pecho de Logan, al ritmo del palpitar de su corazón. Pero no podía desperdiciar la oportunidad de buscar pistas sobre las hormonas sintéticas.

—¡Por supuesto que no! Yo no quiero separarme de ti, mucho menos de forma experimental.

—No tenemos muchas opciones.

—¡Claro que las tenemos! Podemos comportarnos como personas civilizadas, mantenernos juntos y disfrutar el uno del otro, como hicimos hoy. Como hacíamos antes. ¡Como lo hacen todos!

June se puso de pie, gritando también:

—¡Esto es mucho más grande que nosotros! Podríamos ayudar a muchísimas personas a tener una mejor calidad de vida. ¡Salvaríamos vidas!

Logan la siguió, perdiendo la paciencia.

—¡Es una misión suicida! Ya suficiente locura fue entrar en el Oráculo o robar ese diario. ¿Ahora quieres exponernos a experimentos para cumplir tu fantasía de libertad imposible?

—¡No es imposible! —se defendió gritando de puntillas para mirarlo al rostro—. Tú mismo lo viste en el Oráculo. Es posible vivir siendo un solo.

—Eso pudo ser una ilusión óptica. No hay pruebas de su existencia. Estás tan obsesionada con tener esa maldita libertad que nos lastimas buscando pistas donde no las…

Alguien tocó a la puerta.

June se volvió hacia el reloj de pared. Eran las dos de la mañana. Debían ser los vecinos enfurecidos por sus gritos. Logan se apresuró a abrir la puerta. Era tan alto y cuadrado que June no podía ver quién estaba del otro lado. Él se quedó casi un minuto de pie en el umbral de la puerta sin decir nada, mirando al exterior. June se preocupó cuando vio un ligero temblor en las manos de Logan, inertes junto a su cuerpo.

—¿Ocurre algo?

Logan dio un paso hacia atrás, trastabillando, y dejó entrar a una pequeña mujer asiática a la sala de estar de su apartamento.

Una mujer sin compañero.

Una *sola*.

CAPÍTULO 8: SOLA

Se restregó los ojos sin misericordia, sumergió la cabeza bajo el agua varias veces, se dio palmadas en las mejillas para obligarse a despertar y se cubrió el rostro con una toalla. Dejó salir todo el aire de los pulmones y se asomó por detrás de la tela para comprobar que seguía ahí.

June, a espaldas de él, miraba boquiabierta a la mujer que acababa de entrar en su apartamento. Vestía una gabardina mugrienta y debajo una bata médica. Tenía el rostro sucio y el corto cabello lacio y negro le cubría media cara. La mujer miraba atenta en todas direcciones, nerviosa. Detuvo su búsqueda en un trozo de pan sobre la mesa. June estiró su mano y se lo ofreció.

—June... —dijo Logan, intentando advertirle que no se acercara a ese ser. June lo ignoró. La mujer parecía mucho más asustada que Logan, y eso ya era decir mucho.

La mujer no lo pensó dos veces: tomó el pan con una mano temblorosa y lo devoró, desesperada. Logan sintió lástima por ella. Más allá de no tener enlace, lucía como cualquier mujer que hubiera visto. Bien podría ser maestra o dependiente de una tienda, pero era una aberración y no una ilusión óptica. Era real, y estaba sola.

—¿Usted es... es June June? —preguntó la *sola* con un hilo de voz, luego de acabar de comer.

June asintió.

—Leí sobre usted. Sus artículos... Tiene que... ayudarme —suplicó ella—. Solo usted puede entenderme. Me quieren matar. Ellos me hicieron, pero me quieren matar.

—¿Quiénes? —preguntó June, aunque sabía la respuesta.

—El Oráculo. Ellos conocen la verdad —la mujer se tambaleó y se sostuvo de pie, apoyada en la pared.

June intentó ayudarla. Logan la tiró por el enlace para evitar que la tocara. June se volvió, furiosa, agarró el enlace y también tiró de él.

—Nosotros te vimos en el Oráculo —dijo June, reconociéndola—. ¿Qué pasó con tu enlace?

La mujer sollozó y se llevó las manos a la cabeza, negando. June supo que esa era una pregunta demasiado fuerte para esa etapa de la conversación.

—¿Cuál es tu nombre? —preguntó.

—Valeria —contestó ella.

—¿Solo Valeria? —preguntó Logan, receloso. June lo reprendió con un gruñido.

—Solía ser Valeria Víctor, pero ahora soy solo Valeria —contestó, temblando. Se retiró del rostro un mechón de cabello e hizo ademanes de sentarse, pero se resistió.

—¿Valeria Víctor? ¡Yo sé quién es usted! —exclamó June—. Usted trabaja para el Oráculo: es la supervisora de deficiencias hormonales en enlaces ya establecidos, también es escritora. Leí su ensayo sobre los derechos de los enlaces cuyas parejas están en estado vegetativo y cómo el gobierno debería darles mejores oportunidades para seguir con sus vidas.

Valeria asintió y se aclaró la garganta.

—Es bueno saber que más allá de mi condición, mi talento me precede.

June le sonrió, ofreciéndole el asiento frente a ella. Valeria se quitó la sucia gabardina y la depositó en el suelo para evitar ensuciar la butaca. Un ligero olor a podredumbre inundó la sala. Valeria no se apenó por el hedor, debía estar ya acostumbrada. Estaba claro de dónde provenía.

Logan no buscaba ser descortés, pero no pudo evitar mirar fijamente su marca sanguínea. Desde el anular derecho una línea naranja cruzaba su cuerpo hasta llegar al otro brazo donde aún traía un trozo de carne sobresaliendo de la muñeca. Lo que quedaba de su enlace estaba ennegrecido y cortado de forma irregular, como si hubiera sido arrancado o como si perdiera fragmentos al ir muriendo. Sintió náuseas. Vio su propio enlace en perfectas condiciones, con su color mezclado con el color de June en perfecta armonía. No podía permitirle llegar tan lejos. Imaginar su propio enlace muriendo le desgarraba el alma.

June también se fijó en el enlace podrido, llamaba demasiado la atención como para dejarlo pasar. Para ella, ese trozo de carne que moría lentamente era maravilloso. Que estuviera en descomposición significaba que no era necesario, que el cuerpo de Valeria había aprendido a vivir sin él y le permitía morir poco a poco. Como un diente de leche o la placenta, cumplen su función y son expulsados para dar paso al futuro. Era naturaleza pura. El ciclo de la vida. Para June, Valeria estaba lejos de ser una aberración. Ella era un milagro. La esperanza personificada.

—¿Cómo puedo ayudarla? —June le sonrió a sus anchas. Si ella hubiera tenido los característicos hoyuelos de Logan, aquella hubiera sido una sonrisa completa.

Valeria pasó la mirada de June a Logan. Estaba claro que él no estaba invitado a la conversación. No lo consideraba digno de confianza.

—Logan, ¿podrías...?

—No pienso activar mi *casco*. No voy a dejarlas solas —Se volvió a Valeria—. Lo que quiera decir tendrá que decirlo frente a mí.

Valeria dio un par de respiraciones profundas con la cabeza gacha, se sacudió y regresó la mirada a June, mucho más despierta y alerta. Sacó fuerzas de lo más profundo de su interior para tener aquella conversación de la forma más creíble posible.

—Entiendo —dijo Valeria, tomando asiento con elegancia, mientras sostenía su bata de hospital como si fuera un sofisticado vestido—. Yo era como tú, June. Quería libertad. Tampoco estaba satisfecha con el enlace que tenía.

Valeria fulminó con la mirada a Logan. Él le regresó el gesto.

June miró a Logan. No quería romper su enlace por él, lo quería romper por ella. Para ser libre. En todo caso, quería liberarlo a él de la carga de estar con ella, para poder estar con alguien mejor. Alguien como Diana, por ejemplo. No quiso interrumpir a Valeria con la corrección.

—Así que me enlisté en un grupo de investigación secreto del Oráculo para separar parejas previamente enlazadas. La idea era lograr que cada individuo fabricara las hormonas de su enlace de forma autónoma. Víctor y yo estábamos comprometidos con la tarea. No era justo tener que vivir atados a otro para existir —Valeria hizo una pausa. Formuló un par de palabras apenas abriendo los labios, de forma inaudible. Pero cuando June estaba por pedirle que lo repitiera, ella continuó—: Unir de forma tan irreversible a dos personas que no se conocen y obligarlas a creer ciegamente en que esa es la persona indicada y su única esperanza de vida, es una injusticia. Yo soy, sin necesidad de mi enlace —levantó la mano en la que sobresalía el trozo de carne agonizante—, un individuo completo.

June afirmó entusiasmada. Era como si Valeria leyera frases completas de uno de los artículos que June había escrito, estaban en completa sintonía. Era la primera vez que June conocía a alguien que compartiera de esa forma sus ideales.

Logan miró un pequeño trozo muerto del enlace caer al piso, mientras Valeria lo presumía orgullosa. Volteó la mirada, asqueado. Esa mujer estaba tan loca como June.

—Así que, con la ayuda de Alberto Alina, trabajamos por años en buscar la enzima necesaria para obligar a nuestros cuerpos a valerse por sí mismos.

June sonreía de oreja a oreja, expectante ante una división de investigación de separaciones. No obstante, sabía que esa historia tendría un «pero». Algo debió haber salido mal para que Valeria escapara del Oráculo y viviera en esas condiciones hasta dar con ella.

—Pero —continuó Valeria—, al morir Alberto, Javier quiso cerrar nuestro proyecto. Alegó que era una pérdida de presupuesto y una idea retorcida. Ellos no entienden el poder de una idea, el poder de…

—De un individuo —June completó la frase con una cita del ensayo de Valeria.

La *sola* afirmó con la cabeza, sonriendo.

—Seguí experimentando con las hormonas sintéticas que Alberto había creado. Como no teníamos invididuos de prueba, usamos nuestro propio enlace. Cuando Javier lo descubrió, me despidió. Estaba recogiendo mis pertenencias para marcharme y llevar mis estudios a un laboratorio independiente, cuando intentaron impedir que lo hiciera. En el forcejeo, Javier ordenó cortar nuestro enlace para deshacerse de nosotros. Para mi sorpresa y la suya, no morí.

Valeria sacudió la pequeña porción de enlace. June recordaba haberle visto un trozo mucho más largo cuando, sin querer, le permitieron escapar del Oráculo.

—Fui su prisionera desde entonces. No podían dejarme ir, era la prueba tangible de que es posible vivir sin enlace. Era acabar con todo su imperio —Valeria frunció los labios y juntó tanto las cejas que le daba un aire caricaturesco, como cuando los niños pequeños fingen estar enojados—. Estaba perdiendo la esperanza de ser libre y compartir mis descubrimientos cuando algo ocurrió: usted. Escuché movimiento por la noche, algo que nunca ocurría. Vi las cerraduras de las puertas abrirse. Alguien con un nivel de jerarquía superior había levantado la seguridad. Pensé que vería al mismísimo Javier Jade, pero era usted. Había traspasado la seguridad y me dio esperanza para escapar.

June recordó al robot de vigilancia descartando su marca de calor y la de Logan. No estaba buscando un enlace completo, sino a la *sola* que habían perdido. Por eso Javier no quería a la policía implicada. Llamarlos significaría mostrarles los pisos inferiores del Oráculo, donde se realizaban experimentos demasiado macabros para ser de dominio público.

—Gracias a usted pude escapar, y creo que juntas podemos acabar con el Oráculo —finalizó Valeria.

—¿Qué ha estado haciendo desde entonces? —preguntó Logan, desconfiado—. Han pasado casi dos semanas desde que entramos en el Oráculo. ¿Qué ha estado haciendo todo este tiempo?

Valeria no se molestó en apartar la vista de June para contestar la pregunta de Logan, estaba claro que no pretendía convencerlo. Su único objetivo era ella.

—No voy a mentirles, estaba asustada. Recuperé valor y fuerza para volver a luchar —contestó Valeria, y estiró sus pálidos antebrazos, amoratados por pinchazos de agujas—. Lo que ellos me hicieron… Las pruebas, los análisis... Estaba muy asustada. No sabía a quién acudir. Mi familia y amigos siempre me vieron como un bicho raro. Además, los mantendrían vigilados. Me escondí en los basureros, intentando sobrevivir. Soy bastante llamativa y, para muchos, un monstruo. Pero no lo soy. Solo soy... soy… Soy solo Valeria.

Logan sintió una punzada de culpa. Hasta ahora la había juzgado con mucha rudeza. No era distinta a él ni a June, a quien él tanto quería conservar, era solo ella. Supo que June notaba su cambio de actitud y se inclinó hacia Valeria.

—Valeria, lamento mucho todo lo que has sufrido —June la agarró de la mano, donde a Valeria le colgaba el enlace roto. Logan sintió un vacío en el estómago cuando June la tocó e instintivamente miró el enlace que los unía, como si con ese ligero tacto se fuera a empezar a pudrir—. Para mí no eres un monstruo, sino un milagro científico. Haré lo que esté en mis manos para ayudarte.

Valeria sonrió satisfecha. Era la primera vez en días que se sentía segura. Asintió, agradecida. Respiró con alivio y dejó que una triste lágrima le recorriera la mejilla.

—Gracias —contestó como pudo.

—Supongo que querrá ducharse, comer algo y descansar un poco —dijo Logan, sintiendo el dolor de la mujer. De solo pensar que, luego de separarse de él, June se encontrara en un predicamento similar al de Valeria, le ablandó el corazón.

June le sonrió. Valeria lo miró parpadeando sorprendida y afirmó con más energía.

Mientras ella se daba una ducha, Logan y June le prepararon algo de cenar y acondicionaron el sofá para que pudiera descansar.

—¿Qué opinas? —preguntó June, mientras él la ayudaba a desvestirse para dormir aunque fuera un par de horas.

—¿Desde cuándo lo que yo opino importa? —le regresó la pregunta de forma mordaz.

Ella suspiró.

—¿Puede quedarse?

—¿Si digo que no, se irá? —preguntó, tirando del enlace con más fuerza de la necesaria al darse la vuelta y quitarse los pantalones.

—Logan, ella no tiene a nadie más. Está asustada. No mide más de metro y medio y debe pesar cuarenta kilos. No es precisamente una amenaza. Si tu madre perdiera a su enlace, ¿no quisieras que alguien la ayudara?

Logan se giró, indignado.

—Si mi madre perdiera a su enlace, moriría, como tiene que ser. ¿No te parece muy extraño que esa mujer siga viva? En cuanto le preguntaste sobre su enlace, se encogió e ignoró la pregunta. Cuando la vimos en el Oráculo, estaba sola. No recuerdo ver a un segundo *solo*. No creo que lo dejaran salir tranquilamente si la tenían secuestrada. ¿Dónde está él? Cuando por fin logres separarte de mí, ¿me dejarás atrás y correrás en soledad?

La respuesta corta era «sí». Cuando June lograra romper el enlace correría disfrutando de su soledad, dormiría sola en una cama enorme, se ducharía por las noches y no al amanecer, se olvidaría por siempre del gimnasio y bailaría hasta desmayarse. Pero lo primero que haría completo lo permitía, como fue el caso de June: Mario y Mónica no la obligaron a perder su nombre para combinar con el de Logan.

Luego de terminar la llamada y prometer que pronto irían a conocerla, Logan salió de su *casco* y regresó a la realidad, donde Valeria estaba comiendo su emparedado, usando la ropa de June. Mientras, June esperaba su respuesta. Logan, aún extasiado por el gozo de conocer a su sobrina, dijo:

—Si mañana visitamos a Julia, puede quedarse unos días mientras averiguamos qué hacer con ella.

CAPÍTULO 9: JULIA

June se desperezó despacio. El calor y la luz que se colaban por la cortina cerrada le indicaron que era pasado el mediodía. Junto a ella, Logan observaba atentamente hacia el sofá en el que Valeria descansaba

—¿No dormiste nada?

Logan negó con la cabeza.

—No entiendo cómo puedes dormir sabiendo que... —Logan pensó en decir «eso», pero le pareció demasiado grosero— ella está ahí, durmiendo en nuestro sofá. Podría intentar cortar nuestro enlace mientras dormimos.

—¿Eso es lo que piensas que planeamos? —preguntó June, divertida por el fanatismo de Logan—. ¿Piensas que vamos a recorrer con unas tijeras gigantes la ciudad cortando enlaces a diestra y siniestra? Queremos que las personas tengan la oportunidad de ser libres si así lo desean. Los que decidan continuar con su enlace podrán hacerlo. No pretendo imponer mis ideales, solo pretendo que me permitan elegir.

—Yo quiero continuar con mi enlace —sentenció Logan, volviéndose a ella. Tenía un aspecto deprimente: unas pronunciadas ojeras, los labios resecos y se mordisqueaba las uñas de la mano derecha hasta hacerlas sangrar—. Pero impones tus ideales sobre mis deseos.

June ladeó la cabeza, mirándolo con lástima.

—¿Y aún así quieres seguir atado a mí? —preguntó ella, intentando acomodarle el cabello. Él giró el rostro para impedir que lo tocara—. Logan, te aseguro que esto es lo mejor para los dos. Imagínalo: podrías vivir con una chica más agradable, una chica como Diana.

—¿Diana? —preguntó él sin comprender—. ¿Qué tiene que ver ella en todo esto?

Logan se volteó a verla. June le esquivó la mirada.

—He visto cómo se miran y lo mucho que disfrutan de la compañía del otro. Ninguno es feliz con su enlace y no te estoy culpando. ¿Quién quisiera tenernos a Ego y a mí de enlaces?

—Como siempre, eres dueña de la razón…

—¿Qué se supone que significa eso? —preguntó ella a la defensiva.

—No eres tu persona favorita, pero sí la mía. Deberías dejar que yo elija con quién quiero estar y no es Diana.

—Eso es justo lo que yo te estoy pidiendo: libertad de elegir.

Logan se rindió, era una discusión cíclica sin fin. Ella quería elegir a su enlace y Logan quería estar con ella. De esa última parte no estaba ya tan seguro. Conocer a Valeria traía una nueva posibilidad. June tenía razón: se podía vivir sin enlace. Logan se dio permiso de profundizar en esa posibilidad, de entrar en ese espacio pecaminoso en su cabeza. Un mundo donde podía dejar a June, donde ella no era su alma gemela. En primera instancia le pareció extraño, nunca había valorado alejarse de ella. Luego sonó tentador, llamativo, excitante. Entendió por primera vez la sensación de libertad que June pregonaba. Vio en su mente a Diana con su melena castaña, sus ojos alegres fijos en él y aquella sonrisa honesta. Diana era hermosa. Pero June… June siempre había sido su sueño. Su inalcanzable deseo.

La imagen de Diana fue reemplazada por el recuerdo de June en su adolescencia, cuando ella también lo miraba con esa calidez. Sus mejillas se sonrojaban por sus palabras y buscaba cualquier oportunidad para tomarlo de las manos. Cuando ella, susurrando en su oreja, le calentaba cada poro del cuerpo. Cuando confiaba en él, cuando no había secretos entre ellos.

La June de la que se había enamorado. La que nunca volvería.

Esa mujer que tenía enfrente de alguna forma la había destruido. Había acabado con sus sueños y la había convertido en esa obstinada que no se dejaba amar. ¿Seguía siendo esa June su alma gemela? ¿Era justo seguir presionando aún a sabiendas de que podía ser libre?

—¿Puedes pedir un par de días en la oficina para quedarnos con mis padres? —preguntó Logan.

June asintió.

—¿Piensas dormir allí varias noches?

—Solo la noche del domingo. El martes tienes un invitado, ¿no?

—No, la verdad no estoy esperando a nadie esta semana.

Logan sonrió con picardía. Una media sonrisa.

—Eres muchas cosas, June, pero no una mentirosa. Tenemos un trato.

June intentó replicar, pero volvió a cerrar la boca. La sonrisa de Logan llegó a ser completa. No estaba seguro de qué sentir por June y su actitud hacia él o si tenía sentido seguir luchando, pero estaba decidido a aprovechar esa invitación que había ganado. Si quedaba algo de la chica que había amado dentro de ella, necesitaba encontrarla.

En el tren, June acariciaba el cabello de Logan sobre su regazo. No llevaba ni cinco minutos en movimiento cuando él cayó rendido. Ella leía el diario de Alberto Alina. Estaba lleno de anotaciones y correcciones. Más que un diario, era una bitácora. No mencionaba mucho sobre su vida privada, aunque algunas entradas tenían un marcado sentido de premura, como si el tiempo se le acabara. June iba a necesitar los laboratorios del Oráculo para replicar las fórmulas descritas en sus páginas.

—En cuanto regrese a la oficina buscaré quién tiene asignado el caso de Julia y trabajaremos para encontrarle el mejor enlace posible. No tienes que preocuparte por eso.

Sebastian caminó en círculos sobre el vacío, aún inquieto.

—Gracias. Sobre eso… June, eres muy lista. Sé que entenderás mi posición aquí. Julia y Sofía son todo lo que siempre he soñado. No quiero perderla.

June lo entendía. Él era como ella: habían perdido a sus familias y ahora eran intrusos en ese hogar. Aunque Sebastián lo llevaba mucho mejor que ella, había hecho de esa casa el hogar que ahora compartía con su esposa e hija. En cambio June, al cumplir la mayoría de edad, escapó con Logan solo porque no podía dejarlo atrás, buscando independencia.

—Haré todo lo posible por encontrarle un enlace antes de que su vida peligre. Solo preocúpate por disfrutar…

—¡JUNE! —gritó Sebastián para hacerla callar. Ella lo miró pasmada, nunca lo había visto tan alterado—. ¡No entiendes! Escucha bien, no quiero perderla nunca…

June no entendía. Sebastián suspiró incómodo, miró a su alrededor, esperando no encontrar a otro miembro de la familia en la red, y añadió:

—Tengo que conservarla. Necesito que emparejes a Julia con un niño en peor condición que la nuestra. Una familia conflictiva o lo que sea que nos asegure la custodia de ambos niños.

June lo observó anonadada. Ella no estaba en posición de hacer algo así. El estatus socioeconómico de una familia no era tomado en consideración al emparejar a un niño, su supervivencia genética era el factor primordial. Aunque, si el bebé tenía varias opciones de emparejamiento, ese tipo de factores entraba en la ecuación para concretar el enlace. También si ambos padres deseaban la custodia.

—Nosotros hemos ahorrado lo suficiente para… —empezó Sebastián, cuando June lo cortó.

—¿Tú lo sabías? —preguntó indignada. Un recuerdo desagradable empezaba a surgir en su cabeza.

—Era bastante obvio —respondió él con dureza. June apenas podía reconocerlo. Parecía un completo extraño.

—¿Y no te molesta?

Sebastián la agarró por los hombros y la sacudió. El apresurado ataque la tomó por sorpresa y no pudo defenderse. Le hundió los dedos en la piel y le gritó directo al rostro, escupiendo saliva por doquier. La serena voz se volvió un relámpago y la cara se le llenó de arrugas mientras gesticulaba:

—¡No entiendes nada! ¡Solo te importa ese sueño de opio de romper los enlaces! Yo soy práctico, como ellos. Hacemos lo que podemos para ganar este juego, para sacar lo mejor de todo esto. ¡Hago lo que cualquier padre haría!

June se liberó de Sebastián encogiéndose y desactivó el *casco*. Evitó mostrar como pudo lo mucho que su conversación la había afectado. Él estaba equivocado, no era lo que cualquier padre haría.

Logan le dedicó una larga mirada. No habría sabido decir cómo, pero supo que algo ocurría. Regresó a Julia a su madre y dijo que se irían a descansar. June se despidió con un gesto de la mano. El rostro de Sebastián brillaba aún detrás de su *casco*, esperando a que ella regresara, o tal vez, ocultando su semblante.

—Siento mucho lo que dijo mi madre —dijo Logan, mientras se recostaba en la cama. June, junto a él, se estaba quitando los pendientes para dejarlos en la mesita de noche.

—Es lo de siempre. Necesita recordarme que no pertenezco a esta familia.

—¿De qué hablas? Nosotros somos tu familia.

June lo miró divertida.

—¿Eso me vuelve tu hermana? ¿Entonces me quieres como a Sofía?

Logan se sonrojó.

—Te quiero de manera diferente que a ella —contestó él. «Nunca he pensado en desnudarla, por ejemplo», pensó.

—Sofía y tú son hermanos. Mario y Mónica son sus padres. Sebas y yo no somos parte de esta familia, aunque Sebas ahora tiene su propia familia con Sofía y Julia —replicó ella con amargura.

Logan le acarició la mejilla.

—Entonces seamos una familia nosotros. Tú y yo.

Ella no pudo evitar sonreírle. Algo había cambiado en Logan en las últimas semanas y June no podía negar lo atractivo que le resultaba esa nueva faceta suya.

Se acostó junto a él y lo sintió demasiado cerca. En esa habitación, la cama que compartían tenía un tamaño estándar, y por lo general, los enlaces no deseaban tener ese enorme espacio que los separaba como en la cama de su departamento.

Logan la miró a los ojos por un segundo, sonrió y escribió un mensaje en su brazalete. El de June brilló al recibirlo.

"Cuento los segundos para que llegue el martes. Muero por conocerte mejor".

June sonrió al leerlo y regresó su vista a Logan. Él ya había cerrado los ojos. Ella echó de menos que la observara dormir.

"No te hagas demasiadas ilusiones. No tengo mucho qué ofrecer".

De alguna forma, escribir ese tipo de cosas era más sencillo que decirlas de frente. Era menos personal, también menos arriesgado. Siempre podía eliminar o editar el mensaje antes de que él lo viera.

Logan abrió los ojos una vez más al sentir la vibración en su brazalete. June esperó que él la mirara, pero se limitó a contestar el mensaje y cerrar los ojos de nuevo.

June pensó que Logan debía sentirse igual a ella, porque por mensaje era mucho más directo para expresarse. No podía imaginarlo decir algo como eso frente a frente.

"Lo siento, es un poco tarde para eso. Estoy loco por ti".

.

CAPÍTULO 10: ULTIMÁTUM

Logan abrió la puerta de su apartamento el lunes por la tarde, esperando que ya no estuviera ahí, que hubiera sido solo una pesadilla o que hubiera cambiado de opinión y escapado durante su ausencia. Pero ahí estaba, con el cabello lacio y la piel pálida. Comía cereal mientras veía noticias en la computadora de June. Valeria era tan real como ellos, solo que la mitad de completa y el doble de peligrosa.

June rodeó a Logan para saludarla. Valeria le contestó con una reverencia.

Logan se dedicó a acomodar toda la comida que su madre les había empacado mientras escuchaba en silencio.

—June, muchas gracias por su hospitalidad. Me siento mucho mejor. Pero lamentablemente necesito abusar más de su ayuda.

June se sentó junto a ella, asegurándose de estirar el brazo sobre el desayunador, para que Logan pudiera moverse con libertad en la pequeña cocina sin tirar del enlace.

—Necesito volver al Oráculo —dijo Valeria.

June abrió los ojos, sorprendida. Después de todo el sufrimiento que Valeria había pasado allí, no imaginaba que quisiera regresar.

—Sí, lo sé —continuó Valeria—, suena como una locura. Permítame explicarle. Alberto y yo trabajamos en el desarrollo de una enzima que potencia la función hormonal de cada parte del enlace por separado. Gracias a eso sigo con vida, aunque no esté atada a mi enlace.

—¿Y él? —preguntó Logan sin molestarse en mirarla—. ¿Debemos esperar a que llegue buscando asilo un día de estos?

Valeria se retorció en el asiento, incómoda. Dio un fuerte respiro y dijo:

—Víctor falleció. Verán, la enzima debe ser suministrada a cada uno de los extremos del enlace. Como aún estábamos en fases experimentales, solamente yo la había consumido. Al separarnos… su cuerpo no supo cómo vivir sin las hormonas que yo le suministraba y falleció en el acto —Valeria apretó los puños sobre la mesa—. La orden de Javier lo mató. Yo solo tuve suerte de haber recibido la primera dosis.

June le tomó la mano sobre la mesa en señal de apoyo. Sobrevivir a la separación de su enlace era todo un hito científico, pero aunque Valeria no mantuviera ninguna relación amorosa con su enlace por decisión propia, la pérdida de quien la había acompañado toda la vida era una tragedia. June no quería poner en peligro a Logan, lo apreciaba demasiado como para lastimarlo. La idea de separarse de él era tentadora, pero perderlo para siempre sería un dolor indescriptible.

—Lo siento mucho… —murmuró Logan, volviendo a almacenar los contenedores de comida y calentando algunos para la cena.

Valeria asintió, aceptando su disculpa.

—Necesito recuperar la enzima. La dosis que tomé fue experimental. No es suficiente para mantenerme con vida, necesito un refuerzo —dijo Valeria y miró el diminuto trozo de cordón que alguna vez fue su enlace—. Pronto. No puedo hacerlo sola. Ustedes ya entraron una vez. Con mi ayuda, creo que podremos volver a entrar y recuperar la enzima. Una vez que la tengamos, podré replicar la fórmula, sobrevivir y luego ayudar a todos esos individuos que busquen la libertad.

«Ayudarme a mí», pensó June. Por fin tendrían acceso a la clave para alcanzar la libertad. June recordó el diario de Alberto y dijo:

—Tal vez no tengamos que entrar en el Oráculo. Tengo algo que creo puede servirnos para replicar la enzima nosotros mismos.

Rebuscó en el interior de su mochila y le mostró el desgastado diario con las iniciales A.A. Valeria lo reconoció y su mirada se ensombreció. Miró la envejecida libreta con tanta intensidad que June no se hubiera sorprendido si la bitácora estallaba en llamas.

—Creo que alguna de estas fórmulas es la indicada para la creación de la enzima o al menos una precursora de ella —dijo June, abriendo la bitácora y mostrando los apuntes a Valeria.

Valeria volteó la mirada, como si la bitácora la hubiera ofendido profundamente con su sola existencia.

—Esa bitácora es antigua —dijo Valeria con desdén—. Dudo que encontremos nada en sus páginas. Al enfermar Alberto, aún no teníamos las respuestas a todas las interrogantes. No tenemos certeza de su efectividad, pero sí tenemos en mí la prueba viviente de que la enzima que sintetizamos al final es efectiva. La necesito para sobrevivir a todo esto. No creo poder soportar una ronda de ensayos en mí o sobrevivir más tiempo sin recibir otra dosis.

June asintió, decidida a encontrar esa fórmula y salvar a Valeria. Lamentablemente, su tenacidad no era suficiente para poner en práctica algún plan y robar la fórmula del Oráculo. No sin la ayuda de Logan. A sus espaldas, él negó con la cabeza. June no tuvo ni que mirarlo para saber el gesto que estaba haciendo.

—Si no recuperamos esa enzima, moriré —le suplicó Valeria a Logan.

—Lo sé —Él se cruzó de brazos—. Es el curso natural de la vida.

—¡Esa enzima es un milagro moderno! ¡Un avance sin precedentes! —vociferó Valeria, poniéndose de pie. Golpeó el desayunador con las palmas de las manos y lo fulminó con la mirada. Él no se movió. June lo conocía lo suficiente para saber que de esa forma no lograrían convencerlo.

—Necesitará otro milagro para convencerme de hacer semejante locura —le aclaró Logan sin molestarse en levantar la voz.

—Esa enzima será su única opción cuando June corte su enlace —lo amenazó Valeria—. Vendrá arrastrándose pidiendo mi ayuda, ¿o piensa que una mañana ella se levantará queriendo estar con usted? La enzima es su única opción para sobrevivir. Su salvación.

Logan se aseguró de hacer contacto visual con June antes de contestar y replicó:

—En ese caso, al cortar el enlace, terminarás con mi vida. No pienso meterme esa basura.

June sintió que se le encogía el corazón. Por más que anhelaba su libertad, no podía hacerle eso a Logan. Él ocupaba un lugar especial en su vida. Después de todo, era el único hombre que creía haber amado y su compañero hasta ahora. Su negativa no solo había escalado a no entrar en el Oráculo, ahora había lanzado un ultimátum: el día que ella rompiera el enlace, él moriría.

Valeria soltó un grito lleno de impotencia, despotricó contra Logan en coreano y se retiró al baño.

—June, es una misión suicida. Entrar en el Oráculo nos puede costar la vida a todos. ¿Es un sacrificio que estás dispuesta a hacer?

—Estoy de acuerdo contigo —dijo ella. Logan abrió los ojos, impactado—. Haré todo lo que esté en mi poder para replicar la fórmula con lo recopilado en la bitácora de Alberto.

Logan suspiró aliviado.

El martes a primera hora, June estaba buscando en el inventario accesible a los empleados cada uno de los componentes que necesitaba para la construcción de la enzima, sumado a un grupo de elementos extra que le servirían como distracción para ocultar sus verdaderas intenciones. Más allá de materiales, necesitaba ciertos equipos especializados que no eran solicitados por alguien con su puesto, así que tendría que trabajar a deshoras para ponerle las manos encima.

Un alboroto en la oficina sacó a Logan del dibujo de Julia que lo tuvo ocupado la mitad del día y a June de sus cálculos, conversiones y mediciones. Un grupo de entusiastas emparejadores felicitaban a Luna, la compañera y única amiga de June. Luna miraba sonrojada cómo sus compañeros la elogiaban y le daban palmadas en la espalda, alentándola. Logan estiró el cuello para enfrascarse en el chisme. June tenía nulo interés en el cotilleo de la oficina, por lo que regresó a su trabajo. Haber invertido gran parte del día en replicar la enzima la había retrasado mucho en su trabajo de emparejadora.

Luego revisó su lista de pendientes y se enteró del motivo del alboroto.

—¡No lo puedo creer! —susurró June para sí—. ¡Luna lo logró! ¡Emparejó al niño misterioso, al único más longevo en la historia moderna!

El tumulto se apaciguó un poco cuando Luna recibió una videollamada del mismísimo Javier Jade para felicitarla.

June miró a Javier desde la pantalla. Mostraba una sonrisa radiante y enorme que evidenciaba sus arrugas, pero de buena forma. El sonido de las palabras de Valeria golpeaban las paredes de la cabeza de June sin tener sentido del todo. Javier no lucía como un asesino —nunca lo parecían— con su traje de sastre a la medida y su corte de cabello al estilo militar. Javier era símbolo de la pulcritud y el decoro. Una fachada. Una máscara que ocultaba a un asesino, un hombre dispuesto a hacer lo que tuviera que hacer para salvar a la compañía de su familia. Un hombre que, mientras celebraba emparejar a un único en apuros, buscaba con todos sus recursos asesinar a la prueba viviente del futuro de la humanidad.

Tanta hipocresía dolía.

June trabajó afanada emparejando algunos casos simples para levantar sus números del día. Se negó a festejar la victoria de Luna, un poco por lo ajustada que estaba de tiempo, otro poco por envidia y el resto por moral. Ella no se veía como una persona que festeja una unión forzosa por supervivencia. Ella se detendría a festejar por todo lo alto una separación; eso sí era motivo de gran algabarra. Se imaginó estrechando la mano de Logan y dirigiéndose en direcciones contrarias por primera vez. Pensó que esa imagen la llenaría de felicidad, pero se sintió desolada.

Le echó un vistazo a Logan. Tenía el *casco* activo. Esa tarde lo había usado varias veces. Durante las últimas semanas lo había usado tan poco que June había olvidado el molesto sonido que producía. Parecía que él se había cansado de intentar convencerla y había regresado a ocultarse tras su *casco*. A June le sorprendió que eso le doliera. Luego de la confesión de Logan sobre sus quince años, una parte diminuta de ella, la June romántica que ella silenciaba día a día, soñaba con regresar a sus brazos. Se burló mentalmente de la June romántica y la sepultó aún más en los vastos confines de su personalidad.

Logan volvía a cerrarse ante ella. Era mucho mejor así. Tendría menos distracciones en su camino a la libertad.

Se obligó a visualizarse de nuevo estrechando la mano de Logan y dirigiéndose en direcciones contrarias. Se forzó a anhelar ese momento. Limpió una lágrima de su mejilla y continuó trabajando en la fórmula de la enzima.

—June… —dijo él, cuando faltaba un cuarto para las ocho de la noche. Ella levantó la mirada de sus apuntes para encontrarse con el rostro sonrojado de Logan—. ¿Piensas trabajar hasta tarde? Quedé de encontrarme con Diana en La Cazuela antes de las ocho.

Logan desvió la mirada, apenado. June sintió un incómodo vacío en el estómago. De pronto, varios detalles en la apariencia de Logan llamaron su atención: traía el rostro recién rasurado, los jeans que mejor le quedaban, la chaqueta de cuero que June le había regalado para Navidad sobre una camisa nueva y el cabello bien acomodado. Se veía muy atractivo, demasiado arreglado para un día común de trabajo. Se había arreglado para Diana. June se sintió molesta sin quererlo. Así debía sentirse Logan cada vez que ella se arreglaba para un invitado.

—Pensaba trabajar hoy toda la noche —contestó ella con tono molesto. No quería sentirse enojada. Logan estaba por fin pasando de ella, y eso era bueno. De esa forma, estaría más abierto a la idea de romper el enlace y así sufriría menos cuando se separaran. Pero la idea de verlo regalarle sonrisas completas a Diana la ponía furiosa—. Debes notificarme con anticipación si tienes otros planes.

—Entiendo —dijo Logan con una media sonrisa—. ¿Así como me notificaste que pensabas trabajar toda la noche?

June lo fulminó con la mirada. Logan junto las manos, rogando.

—Solo serán unos minutos. Por favor.

June bufó molesta

—¿Sucede algo?

—No, nada —contestó June demasiado deprisa—. No me gusta que me cambien los planes. Si pensabas ver a Diana, debiste decirme. Es obvio que tenías planeado verla desde temprano o no hubieras salido de casa vestido así. Yo siempre te informo cuando tengo invitados.

Logan lo entendió y su sonrisa se amplió hasta llegar a una completa. Nunca le había pasado, y tenía que aceptar que le gustó la sensación: June estaba celosa. Él lo tomó como un avance. Disfrutó verla fingir indiferencia.

—Ayúdame solo por esta vez. Hoy avanzaste suficiente con esta locura de la enzima —Logan borró uno de los hoyuelos y dibujó una sugerente sonrisa de lado—. Además, te conviene tenerme contento.

June no respondió, pero empezó a recoger sus pertenencias. Logan la imitó.

Salieron de la mano rumbo a La Cazuela. Logan tarareaba alegre. June arrastraba los pies. Su humor se mantuvo de la misma forma durante los veinte minutos que viajaron hasta llegar allí.

Al entrar en La Cazuela, Diana les sonrió y les hizo señas para que la esperaran un momento mientras atendía una mesa.

—June —Logan le apretó la mano que aún le sujetaba—, ¿podrías usar el *casco* unos minutos?

Logan se sintió culpable al ver la tristeza en sus ojos. Eso definitivamente no estaba bien, lamentaba lastimarla. June no tuvo fuerzas ni para oponerse, se sentía demasiado confundida para discutir. Ocultar su enrojecida cara detrás del *casco* le pareció buena idea, así que lo activó.

Una vez protegida detrás del brillo, se permitió llorar unos segundos. ¡No lo entendía! Le había pedido por años a Logan que intentara conocer a otras mujeres, que buscara compañía en otros enlaces, ser más liberal, más aventurero. Él se había negado afirmando que no tenía nada que buscar fuera de su enlace. Y las últimas semanas habían sido irreales para su relación: se habían acercado muchísimo. Incluso Logan la había besado. O mejor dicho, ellos se habían besado. ¿¡Y ahora buscaba hablar con Diana en privado!? ¿Qué lo había hecho cambiar?

June lo entendió: la llegada de Valeria.

Valeria no solo abría un mundo de posibilidades para ella, también para Logan. Él por fin había escuchado y había buscado consuelo en Diana, como June le había sugerido tantas veces. Trató de convencerse de que era lo mejor e intentó estar feliz por él. Pero no lo estaba. Aunque siempre había sospechado que Logan solo quería estar con ella porque la tenía amarrada a la muñeca, la confirmación era dolorosa.

Sintió cómo Logan le apretaba la mano, llamándola fuera del *casco*. Ella recuperó la compostura lo mejor que pudo y se preparó para darle la cara a Diana.

Al salir del *casco*, June vio a Diana despedirse de Logan y regresar a su faena, seguida de Diego. Logan se despidió con una media sonrisa y giró de regreso a la calle.

June caminó guiada por Logan en piloto automático, tan ensimismada que no notó que él ahora traía una bolsa grande en la mano que le quedaba libre. En cuanto la mirilla digital reconoció el rostro de June, liberó el seguro de la puerta y ella entró en su pequeño apartamento. Logan no atravesó el umbral. En cambio, cerró la puerta, dejando solamente espacio para el enlace. June lo observó confundida, esperando que volviera a abrir y entrara.

No lo hizo, tocó el timbre.

June no se movió. Todo aquello era demasiado raro. Logan volvió a tocar el timbre.

—¿Pero qué demonios te pasa? —preguntó June, abriendo la puerta para gritarle de frente.

Logan esperaba al otro lado de la puerta con una rosa en una mano y la bolsa que le había dado Diana en la otra.

—Lamento llegar tan tarde. Mi enlace decidió trabajar extras hoy —dijo él con una sonrisa completa—. ¿Puedo pasar?

CAPÍTULO 11: CITA

No era ni el más atractivo de sus invitados ni el que llevaba los regalos más costosos, pero eso no evitó que el corazón de June retumbara dentro de su pecho con más fuerza que al abrirle la puerta a ningún otro. Lo había olvidado y había supuesto que Logan se había arreglado para Diana, pero ahí estaba: esperando su invitación para entrar.

Ella, por su parte, había roto una tradición de años y no se había preparado para recibirlo. Llevaba los mismos jeans viejos que había usado para trabajar, una playera de su banda de rock preferida y el cabello recogido precariamente en un moño.

—Te ves preciosa —dijo él, como si supiera que justo en ese momento ella se estaba criticando con el pensamiento—. Traje comida de tu restaurante preferido.

June se apartó de la puerta lo más que se lo permitió el enlace para abrirle paso. Logan entró y fingió mirar la sala.

—Tienes un apartamento muy bonito —dijo Logan, quitándose la chaqueta. June se acercó para ayudarlo con el cierre.

—Estaría mucho mejor si mi enlace no dejara los zapatos a la mitad de la sala. —June señaló las pantuflas de Logan.

Él sonrió y las empujó con el pie bajo el sofá.

—Solucionado.

June se sentó en el sofá y le indicó a Logan que la acompañara. Él la imitó.

—¿Cómo te llamas? —preguntó ella, aceptando el juego de Logan de empezar de cero.

Él se quitó los audífonos antes de contestar, sin apartar los ojos de su rostro y los guardó en el bolsillo de sus pantalones. Ella no quiso darse por menos y lo imitó, él la recompensó con una sonrisa completa y empezó a sacar la comida que había llevado.

—Logan.

—¿Solo Logan?

—Así es.

—¿Así tanto odias a tu enlace que no usas ni su nombre? —dijo June, ayudando a abrir los contenedores de comida.

Logan se sorprendió de lo melódica que escuchaba la voz de June ahora que no traía los audífonos. Sin esa barrera que los distanciaba, podía escuchar cada matiz en su respiración, entendía mejor la intención de sus palabras. Aquella pregunta no era contenciosa, no estaba cargada de reproche. Solo había duda, genuina preocupación por cómo la percibía él.

—No la odio. Para nada.

—Entonces, ¿qué te trae a ser mi invitado esta noche?

—Ella no quiere estar conmigo.

—Entiendo. ¿Y no te imaginas por qué será eso?

Tenía algo de irreal. Ellos seguían siendo ellos, pero hablar de esa forma era más sencillo. Era no decirse las cosas a la cara, como en esas sesiones de terapia donde una pareja intercambia sus papeles para ponerse en los zapatos del otro. Solo que, en este caso, ellos jugaban sus mismos roles, lo que les permitía conectar con lugares de sus propios sentimientos que solían pasar por alto o minimizar.

Logan se tomó unos momentos para contestar. Era una pregunta que él mismo se hacía de vez en cuando: ¿por qué June no quería estar con él?

—Supongo que sabe que merece algo mejor —contestó por fin.

June negó con la cabeza. Nunca tuvo nada que ver con él.

—¡Berenjena asada! —exclamó entusiasmada al abrir uno de los contenedores y encontrarse con su comida favorita.

—Sé que es tu preferida.

—¿No se supone que no me conoces? —ironizó ella.

Él se encogió de hombros.

—¿Qué pretendes sacar de todo esto? —preguntó June, dejando de jugar a los desconocidos—. Y no me digas que conocernos mejor. Hemos estado juntos toda una vida. Nadie me conoce mejor que tú.

—Quiero lo mismo que quieres de tus invitados: tener una relación contigo.

June negó con la cabeza.

—Logan, eso no va a ocurrir.

—¿Por qué no? ¿Por qué es tan ilógico pensar que puedo ser yo? Déjame intentarlo.

June se mordió el labio inferior. No tenía una respuesta. Tampoco podía negarle la oportunidad.

—¿Tu enlace también te saca de quicio?

Logan respiró aliviado.

—Como nadie más. Es la única persona que logra que alce la voz.

—Eso no suena tan mal —dijo June, comiendo una empanada caprese—. Diría que gracias a ella te defiendes mejor.

Logan sonrió, también sirviéndose comida.

—Tengo que aceptar que tiene su lado bueno. Gracias a ella, envié mis primeros borradores a las editoriales.

—Suena como una chica valiosa.

—No tienes ni idea. Cuando éramos niños, se postuló para presidenta de la clase y convenció uno por uno a todos los estudiantes para que votaran por ella.

—¿Ganó? —June fingió no recordar el resultado con el único fin de escuchar a Logan decirlo.

—Claro que ganó. Nunca la he visto perder.

June sonrió con superioridad, estirándose sobre el sofá. Logan le ofreció una bebida y ella la tomó.

—Aunque sí la he visto caer —añadió él entre risas—. Infinidad de veces. En nuestro baile de graduación se resbaló con la enorme cola del vestido que decidió usar y derramó todo su ponche sobre mí.

June se llevó las manos al rostro riendo a carcajadas.

—En otra ocasión —continuó Logan— se tropezó en la fila de la cafetería y derramó su café sobre el panel de control de una de las máquinas expendedoras.

—Estuvo sirviendo combinaciones fatales el resto de la semana —completó June entre risas.

Una vez las carcajadas disminuyeron, se quedaron mirándose a los ojos durante lo que pareció una eternidad. El silencio no fue incómodo: fue familiar, agradable. Logan se limpió con una servilleta la comisura del labio inferior y a June le sorprendió seguir el movimiento y perderse en él. Se aclaró la garganta, intentando continuar con la conversación, y dijo:

—Mi enlace también tuvo sus momentos.

Logan negó con la cabeza.

—No tenemos que hablar de nuestros enlaces —dijo él para desviar la conversación de sus momentos más vergonzosos—. Últimamente siento que solo hablo de eso.

—A los diez años estableció un lucrativo negocio de dibujar caricaturas por encargo para sus compañeros de clase —recordó June, conteniendo la risa—. Pero le daba tanta pena cobrar por sus servicios que me enviaba como recaudadora. Recuerdo que éramos el policía bueno y el policía malo: yo los intimidaba y él les sugería pagar sus deudas para no enojarme más.

—Puedes decir lo que quieras —replicó Logan, también riendo—, pero gracias a ese negocio pagamos nuestro viaje al parque de realidad virtual.

—También una vez… —empezó June, pero la risa le ganó y no pudo continuar la frase. Se rio tanto que se atragantó con un trozo de masa y Logan tuvo que ayudarla con un vaso de agua—. Aquella vez que se te salió un pedo en clases de gimnasia. Nadie se habría dado cuenta si no hubieras salido corriendo arrastrándome contigo. Tuvieron que cambiarnos de grupo para que volvieras a asistir.

June tenía el rostro rojo y los ojos llorosos de reírse tanto. Logan se acercó con una servilleta para limpiar las migas en la comisura de su boca. Aprovechó la cercanía para trazar con su pulgar la forma de los labios de June. Ella dejó de reírse y lo miró expectante. No le molestó para nada la invasión a su espacio personal. Para cualquiera de sus invitados aquello habría sido demasiado íntimo, pero Logan no era cualquier invitado.

—Tienes los labios más suaves del mundo —dijo él. A June le sorprendió lo ronca que sonó su voz y lo atribuyó a no estar usando sus audífonos.

—Nunca has probado otros labios, ¿cómo podrías saberlo?

—¿Te sientes tan bien en sus brazos como en los míos? —preguntó Logan con superioridad. Deslizó el pulgar por el cuello de June, y se detuvo en medio de sus pechos—. Apostaría a que no.

—¿De dónde saca el tímido chiquillo que recuerdo esa repentina confianza? —June agarró la mano de Logan para evitar que siguiera bajando—. Eras un muchacho sin experiencia cuando nos besábamos.

—No intento ser presuntuoso. Después de todo, solo he besado a una chica en toda mi vida, pero la conozco: tengo la certeza de saber con exactitud lo que ella disfruta. La última vez que nos besamos me pareció que lo disfrutaba tanto como yo.

June sonrió con ironía buscando sonar casual, pero Logan disfrutó verla apartar la vista.

—Fue un momento estresante, lleno de adrenalina, oportuno para un buen beso. Me dejé llevar por la emoción —dijo, restándole importancia, pero sin apartar la mano de Logan.

—¿Qué tengo que hacer para tener otro beso tuyo? —preguntó él, inclinándose hacia ella.

June se percató de su cercanía y de que estaban solos.

—¿Dónde está Valeria? —preguntó, incorporándose un poco.

Su apartamento solo contaba con tres habitaciones: las áreas comunes, su dormitorio y el baño. El diseño de concepto abierto le permitía ver la cocina desde el sofá. Ella no estaba ahí y no creía que estuviera en su cuarto.

—¿Qué hiciste con ella? —dijo June en un tono mucho más acusador de lo que quiso.

—Tranquila —la detuvo Logan—, no pienso deshacerme de ella. Alquilé la habitación al fondo del piso para ella por esta noche. y le pedí que nos diera algo de espacio hoy.

June respiró aliviada.

—¿En serio me crees capaz de lastimarla? —preguntó él, algo ofendido.

—Esta noche me has sorprendido en muchos niveles. A lo mejor no te conozco tanto como creo.

Logan se arrastró en el sofá para acortar la distancia entre ellos, hasta que sus muslos se tocaran.

—A lo mejor no.

June se descubrió cerrando los ojos e inclinándose para alcanzar los labios de Logan. Él apartó la mano que tenía entre sus pechos, tomó una croqueta de papa de la bandeja y se la dio de comer. Ella, sorprendida, abrió la boca. Casi se atraganta.

—Te ves hermosa cuando te sorprendo —dijo él, burlándose un poco de lo mucho que ella había abierto los ojos—. Me encantaría que mi enlace me creyera capaz de sorprenderla.

June masticó con dificultad la croqueta y la tragó. Ella no comprendía a Logan, pero quería de todo corazón hacerlo.

—¿Por qué es tan importante convencerla?

June esperaba que él contestara con su típico "es mi enlace" y ella tuviera un motivo para enfadarse, irse ofendida y acabar con la velada. Luego protegería su corazón de ser lastimado y sepultaría de una vez por todas esa extraña atracción que seguía llevándola de vuelta a Logan.

—Creo que estoy enamorado de ella —contestó él, mirándola a los ojos mientras se llevaba una croqueta a los labios. Disfrutó verla sorprenderse de nuevo. Esa sensación le gustaba. Deseó sorprenderla por el resto de su vida.

—¡Eso no es cierto! —se negó a creer June, apretando las manos en puños.

Logan sonrió.

—No la conoces, por eso no lo crees.

—¿Qué te podría gustar de ella?

Logan la observó. June sintió el impulso de desviar la mirada, pero era presa de aquellas profundas esmeraldas que tenía por ojos.

—Ella es brillante, llena de pasión —Logan colocó la mano en el muslo de June. Ella se lo permitió. Aún bajo los jeans sintió el calor penetrando en su pierna—. Es imparable. Cuando se le ocurre una idea, no se detiene hasta que la logra, para bien o para mal. Hace el mejor café del mundo. Y me ha apoyado sin ninguna condición. Sin ella, todavía estaría dibujando en las paredes de mi dormitorio. Me impulsó a cumplir mi sueño imposible: vivir de mi arte.

Logan llevó la mano que los unía al rostro de June y disfrutó verla estremecerse. Con eso confirmó que ella se sentía tan receptiva como él.

—June, no entiendo cómo puedes creer que eres imposible de amar.

Ella tragó saliva, conmovida. Quería creerle. En verdad quería. Deseaba dejarse abrazar y aceptar el cariño de Logan. Él pedía saber por qué no podía ser él, y ella tenía la respuesta a centímetros del rostro, sobresaliendo de la muñeca de Logan, sombra del dolor que la acompañaba sin descanso: el enlace que los unía. June acarició la delgada línea de carne desde la muñeca de Logan, ambos sintieron el tacto de su caricia.

—Estás conmigo solo porque no puedes irte —confesó ella. Casi pudo ver las palabras cicatrizadas en su corazón abandonar su cuerpo y viajar hasta Logan. Se liberó de un peso que había cargado por años. Era cruel pero cierto. Siempre había pensado que Logan no la dejaba porque no podía. Pero en cuanto tuvieran libertad de movimiento, él sería libre de ella. June no lo culpaba, todos lo hacían. Era la ley del más fuerte. Había que buscar la supervivencia, y June era una carga difícil de llevar.

»No tienes otra opción, por eso intentas amarme —continuó ella. Esta vez no pudo soportarlo, derramó lágrimas desde lo más profundo de su ser. Logan limpió algunas con el pulgar y acercó su rostro al de June. Ella pensó que la besaría. No se sentía lista para un beso en ese momento, pero se decidió a contestar lo mejor que pudiera. Él no la besó. En cambio, colocó su frente sobre la de ella para reconfortarla.

—No tienes más opción que soportarme... —lloró con más fuerza.

Él alejó el rostro un poco de ella y la hizo mirarlo.

—Tienes razón —confirmó él. June sollozó con más fuerza, como si la confirmación de Logan la dañara más aún porque lo hacía cien por ciento real—, no puedo irme. Estoy atado a ti. Pero eso no quiere decir que no tenga opción.

June cortó el llanto para escucharlo con claridad.

—Que vivamos juntos no quiere decir nada, estar junto a ti no me obliga a amarte. Es una decisión que se toma —dijo Logan. Aunque obvió decir que era una decisión que él ya había tomado —. La última década compartimos cama, pero no estuvimos juntos. Tomé la opción más sencilla: me centré en mi carrera, tú en la tuya. Me quedé al margen, esperando, callando. Inerte. No voy a cometer ese error de nuevo.

Logan entrecerró los ojos y frunció el ceño para enfatizar su siguiente frase:

—Con o sin enlace que nos una, no me voy a ir a ningún lado.

June soltó el aire torpemente. Eso explicaba el repentino cambio de comportamiento de Logan, y tenía todo el sentido, pero ella aún no estaba segura de sentir lo mismo por él.

—Logan, yo... no estoy...

Él volvió a juntar sus frentes. A ella las palabras se le consumieron en los labios.

—Lo entiendo. Solo quiero una oportunidad...

June se sumergió en su pecho y él se recostó en el sofá con ella encima. Ella lloró otro poco. Hablarlo había ayudado mucho, pero la herida seguía abierta y nadie más que ella podía sanarla. Aún estaba lejos de eso.

Logan la apretó con fuerza contra sí y lamentó no haber conversado de esta forma con ella antes. Él también se quitó un peso de encima: siempre había pensado que era su culpa, que había algo malo en él, que algo le faltaba, que no era suficiente para June. Pero no era él. Había algo lastimando a June desde adentro, y moría por solucionarlo para verla sonreír de nuevo, aunque fuera por reírse de él.

Después de un rato, cuando Logan sintió la respiración de June regularse contra su pecho, dijo:

—Soy un poco nuevo en esto, ¿esta se considera una cita exitosa o un fracaso?

June rio.

—He tenido mucho peores.

—¿Me volverás a invitar? —preguntó Logan, incorporándose. Tenía un brazo dormido y la espalda torcida.

—No vas a aceptar un no por respuesta, ¿verdad?

—Aprendí de la mejor.

June pensó en intercambiar el regreso al Oráculo por una cita más, pero la verdad era que quería tener otra noche como aquella, tal vez con más besos y menos llanto. Asintió.

Logan la abrazó en forma de despedida, se puso de pie, le hizo una pequeña reverencia y se dirigió a la salida. June lo siguió para no tirar del enlace.

—June, espero verte pronto —dijo Logan, abriendo la puerta para salir—. Eres de lo más interesante.

—Ven el viernes —se sorprendió diciendo June.

Logan asintió, se inclinó hacia ella. June cerró los ojos y abrió ligeramente los labios. Logan le besó la mejilla, y con una sonrisa completa cerró la puerta, dejando un espacio para no lastimar el enlace. June cerró la boca, decepcionada. Se acarició con la yema del índice los labios, echó de menos el beso que Logan le negó. De nuevo él la dejaba con un beso pendiente.

Logan regresó al apartamento y ayudó a recoger los contenedores de la cena. No mencionó la cita, pero estaba de muy buen humor.

Esa noche, ante la sorpresa de June, Logan la abrazó por la espalda para dormir. Ella no se quejó, y él lo tomó como consentimiento.

June soñó con Logan, con ese beso que no le había dado y con la posibilidad de tener una relación con él. Logan durmió sin soñar, por primera vez prefería la realidad.

CAPÍTULO 12: EVALUACIÓN

El sonido de un estruendo desde la cocina despertó a June esa madrugada. Apartó el brazo de Logan de su cadera y se incorporó. Él se percató del movimiento de June y le reclamó con un gruñido por despertarlo.

—Hay alguien en la cocina —murmuró ella.

Logan, que aún no lograba abrir los ojos, bostezó, volviendo a acomodarse. El ruido de metal golpeando el piso lo terminó de despertar.

Logan abrió la puerta de su cuarto con cautela, armado de una sombrilla para defenderse. June, detrás de él, sostenía una lámpara.

Valeria yacía en el piso intentando, vergonzosamente, ponerse de pie. June se deshizo de su improvisada arma y corrió en su ayuda en cuanto la reconoció. No le fue difícil levantarla. Valeria estaba delgadísima y demacrada. De su muñeca sobresalía un pequeño trozo de enlace hediondo, en descomposición. Valeria respiró con dificultad mientras se sentaba a la mesa.

—No quise despertarlos. Solo quería comer algo —dijo con un hilo de voz—. Creo que está avanzando más deprisa de lo que imaginé.

Logan juntó las ollas que Valeria había dejado caer, mientras June la reconfortaba.

—June, necesito la enzima —rogó Valeria.

June miró a Logan suplicante. Él estaba a punto de replicar cuando su brazalete brilló, recibiendo una llamada. Logan aprovechó la distracción para librarse de la conversación, activó su *casco* y se perdió tras la luz azul.

—Lo mejor sería marcharme...

—Estoy muy cerca de replicar la enzima descrita en la bitácora —June interrumpió a Valeria.

—No me queda duda de que logrará sintetizar la enzima por su cuenta —le dijo Valeria a June, sujetándole las manos—, pero no tengo tiempo. Ni para pruebas ni para fallas. Me muero. Necesito volver al Oráculo antes de que sea demasiado tarde.

June titubeó. La noche anterior había pasado tan buen tiempo con Logan que no deseaba ponerse a discutir con él ahora mismo, pero tampoco podía dejar ir a Valeria.

—Sin la ayuda de Logan no puedo hacerlo —se excusó June con honestidad.

—Supongo que ayer su tiempo a solas fue muy provechoso y que ahora ha cambiado de opinión —Valeria trago saliva, conmovida. Observó a Logan, que estaba perdido detrás del *casco* y continuó—: Lo entiendo perfectamente.

—Mi compromiso con la creación de la enzima no está ligado a mi relación con Logan —replicó June—. Él no es mi motivo para querer cortar mi enlace. No quiero alejarme de él. Logan me quiere.

Ella misma se sorprendió de la certeza con que lo dijo, sintió calor en las mejillas. No quería deshacerse de Logan. Se preguntó si él se quedaría a su lado aunque cortaran su enlace. Entonces recordó la amenaza: si ella cortaba el enlace, lo perdería para siempre.

—En ese caso, puede convencerlo de hacer lo que usted quiera —dijo Valeria, bajando la voz—. Nuestra entrada en el Oráculo la tiene entre las piernas. Él es demasiado inexperto para darse cuenta. Usted lo tiene a sus pies.

June retrocedió hasta que Valeria no pudiera tocarla.

—Yo no... no podría hacerle eso a Logan.

—Según sus artículos, lo ha hecho cuando estaba mucho menos en juego.

June negó horrorizada. Su relación con sus invitados no tenía comparación con la que tenía con Logan. No podía jugar con él. Para Logan sería real. Lo destrozaría.

—No quiero lastimarlo.

—Por el contrario, June —dijo Valeria con tono suave y sensual—. Le da lo que tanto desea y nosotras obtenemos lo que tanto necesitamos. Desde mi punto de vista, todos ganan.

Logan apagó la luz de su *casco* y jugueteó con los dedos de las manos, nervioso, sin prestar atención al pesado ambiente de la sala, sin saber que él era el tema de conversación.

—¿Quién era? —preguntó June, aunque Logan no tenía muchas personas que lo llamaran. Era Sofía, su agente o su madre.

—Sofi. Encontraron un enlace para Julia. Quiero decir, para la bebé —dijo Logan, abriéndose a la posibilidad de perder a la niña—. Esta semana empezarán el proceso de evaluación.

Logan tragó saliva y cerró los ojos, frustrado. El proceso de evaluación calificaba a las familias según su idoneidad para criar al enlace junto con su propio hijo. La familia con mayor puntaje conservaba ambos niños. Se basaba en una tabla que puntuaba cinco aspectos de cada familia y los sumaba para batirse con el puntaje de la otra. Era un proceso tedioso, intrusivo, con validez absoluta y custodia completa. Muchas familias llegaban a un acuerdo sobre el futuro de sus hijos sin llegar a las evaluaciones, para mantener la buena relación entre las dos partes. Que se vieran obligados a llegar a tal escrutinio era un mal augurio por sí solo.

June se maldijo por lo bajo. ¡Era su culpa! Había invertido el día anterior buscando cómo replicar la enzima y olvidado su promesa de buscar una pareja fácil de vencer para Julia. Ahora tendrían que luchar por ella.

—Necesito darme una ducha —dijo Logan, tirando de su enlace para empujar a June al baño. Ella no opuso resistencia, agradecida de alejarse de Valeria.

June no supo cómo consolar a Logan. Él le ayudó a quitarse la ropa por rutina, perdido en sus pensamientos. Ella lo ayudó a desnudarse con las manos temblorosas. Al terminar se giró a su ducha, pero lo observó con el rabillo del ojo. Él se quitó los audífonos y la placa del brazalete. Ambos eran resistentes al agua pero necesitaba deshacerse de todo aunque fuera por unos minutos. Abrió la ducha y dejó correr el agua fría por su cuerpo, en silencio.

—Les irá bien. Son una familia hermosa para crecer.

—¿En verdad lo crees, June? —replicó él con tono desanimado—. Creí que habías odiado cada segundo en casa de mis padres.

June se volvió para mirarlo. De niños jugaban sin ningún pudor al ducharse, pero desde la adolescencia eso había cambiado. Habían empezado a sentir vergüenza por los cambios en sus cuerpos, además de atracción el uno por el otro, y ducharse era más risitas y miradas furtivas que juego. Cuando June trazó una separación entre ellos, habían dejado de mirarse del todo. Pero ahí estaba Logan, de espaldas a ella, con el agua recorriéndole los hombros y el torso. June tragó saliva, siguiendo el descenso del agua. Lo veía cambiarse todo el tiempo de ropa, pero aquello era mucho más natural, salvaje. Logan no solo estaba desnudo, también tenía toda su frustración al descubierto. June giró y lo abrazó por la espalda. Logan reaccionó a su cercanía de inmediato: apretó los brazos de June sobre su pecho y respiró profundo, disfrutando del tacto de sus senos contra su piel. Él lo apreció mucho, le calentó el corazón sentir su cariño. El agua fría recorriendo sus cuerpos hacía poco para apagar el calor que el cuerpo de June contra el suyo le provocaba.

Vendrían días largos y difíciles. La familia del posible enlace de Julia tenía deseos de conservar a ambos niños, así que lucharían con todo para arruinar la calificación de Sofía y Sebastián. Ellos, por su lado, tendrían que valerse de todas las artimañas posibles para contraatacar.

Empezó a extrañarla cuando dejó de tocarlo. Ella lo soltó sin decir nada; esperaba que Logan entendiera su sentir, y se vistió en silencio. Logan la imitó. Ella pensaba que la dinámica entre ambos cambiaría luego de su cita, que Logan buscaría tocarla más o verla de forma furtiva, pero no lo hizo y June lo lamentó. Deseaba darle ese beso que tenían pendiente. Él mantuvo su promesa, y separó sus acciones como su enlace de sus acciones como invitado. June se sorprendió deseando que el viernes llegara pronto.

Estaba decidida a intentar al menos un prototipo de la enzima, aunque Valeria insistiera en no tomarlo. Dedicó los siguientes dos días a su trabajo con la fórmula. Las notas de Alberto eran maravillosas: describían hasta el más mínimo detalle del proceso y las reacciones durante él. Eso sí, estaba escrito de manera tan técnica que solo un experto podría replicarlos. Incluso June necesitó bibliografía referente al tema para descifrar algunas partes. Conocer el estilo de escritura de Alberto ayudaba mucho. Agradeció haber sido su asistente en la pasantía, antes de iniciar su carrera.

Logan, por su parte, estaba demasiado ocupado ayudando a Sofía a mejorar su calificación como para molestarse por las extenuantes horas en el laboratorio. Ahora pasaba su tiempo dentro del *casco*, buscando pulir la reputación de su hermana y de su enlace.

La evaluación medía cinco factores: relaciones intrafamiliares, estabilidad laboral, capacidad de educar, salud y economía. Sofía nunca había ejercido, pero había estudiado educación preescolar, lo que le daba puntos a favor, aunque no fuera una fuente de ingresos. Sebastián era farmacéutico y tenía su propia farmacia. Tenían una relación saludable con sus padres, pero él no era muy expresivo para demostrarlo. Logan se encargó de recopilar evidencias de su buena relación con los padres de Sofía y lo enfocados que estaban en mantener una buena salud. El único punto que podría preocupar era su economía, ya que solo tenían una fuente de ingresos, pero tanto Sebastián como Mario habían ahorrado para mejorar sus números en ese punto.

Para el jueves June había tomado la primera dosis de su versión de la enzima y comparaba sus resultados hormonales. Parecían normales. Eso no le decía mucho. Podría probar la efectividad de su enzima solo hasta que hubiera una deficiencia hormonal, y esa solo la tendría hasta que su enlace se rompiera. Para eso aún tenía que convencer a Logan de consumir la enzima. Pensó en engañarlo y obligarlo a consumirla. Después de todo, no tenía sabor y la porción era solo un trago, no más que un shot. Pero, al separarse, Logan jamás se lo perdonaría, y de todas formas lo perdería.

Solo faltaba un día para volverlo a besar.

El jueves por la noche, June se estiraba en su escritorio, acalambrada. Logan dormía junto a ella. Escuchó una especie de jadeo ahogado, y cuando levantó la cabeza sobre su cubículo, vio a Luna y a su enlace recogiendo sus pertenencias. June movió a Logan para despertarlo. Él la siguió medio dormido hasta el escritorio de Luna.

—Hola —dijo June, acercándose a ella. Luna lloraba y su enlace miraba a todas partes.

—June... —dijo ella, y miró en todas direcciones también—. ¿Qué hacen aquí? Se supone que el edificio estaba desocupado. Nadie debería verme.

June notó cómo Leo guardaba con más premura las pertenencias de su escritorio.

—Que nos vean con ella no nos ayudará en nada. Todos conocen su reputación —le murmuró a Luna.

—¿Qué sucede? —preguntó June, mirando con cara de pocos amigos a Leo—. ¿Te vas? ¿En medio de la noche y sin despedirte?

—Me ascendieron —contestó Luna, intentando sonar jovial—. Me enviarán a la sección de respaldos. No quería hacer demasiado alboroto... para... para... no... levantar... ¿envidias?

June frunció el entrecejo. Eso no era un ascenso, era la muerte profesional. Era el departamento más aburrido y solitario de todos. La última encargada había dejado su puesto luego de jubilarse y la posición se había mantenido vacante porque nadie quería tomarla.

—¿Luego de emparejar al único misterioso? ¡Perderíamos a una de nuestras mejores emparejadoras! —dijo June con sinceridad. Luna era buena en su trabajo, eficiente y abnegada. Ella sollozó sin poder evitarlo—. Luna, sabes que puedes confiar en mí.

June extendió su mano para tomar la de Luna, pero Leo la tiró por el enlace para separarlas y sostuvo a Luna entre sus brazos de forma posesiva.

—No pensamos decirte nada —dijo furioso, pero sin levantar la voz. Logan se despertó por completo y se situó junto a June, mostrándole su apoyo. Era unos diez centímetros más alto que Leo y mucho más fornido—. Ya suficiente hicimos por ustedes al no delatarlos. Debimos decir que Logan era el de la foto e irnos de sabático con esos salarios extras.

—Leo, basta —suplicó Luna desde sus brazos, viéndolo con ternura. Apaciguó la ira de Leo con una caricia cálida en la quijada—. Ella más que nadie puede hacer algo por nosotros. Nadie apelará por nuestro caso, por miedo. Pero June es valiente, y ha logrado atacar al Oráculo. ¿Acaso no quieres algo de justicia? ¿Por mí?

Leo la miró y no pudo continuar molesto. La amaba demasiado y le dolía profundamente lo que había ocurrido. Soltó el enlace para que Luna se pudiera acercar a June.

—June, escucha con atención —dijo Luna, sosteniéndole la mirada—. Yo nunca te dije esto. Mi vida corre peligro si se enteran.

June asintió. Luna miró a Logan. Él también afirmó.

—La niña que emparejé con el único misterioso falleció luego del enlace.

June se llevó las manos al rostro. Ocurría muy poco, pero cuando ocurría, era un claro motivo de despido justificado. Los emparejamientos eran delicados y requerían prestar mucha atención. Un solo error de cálculo y la vida de los niños podría verse comprometida por intoxicación o arruinar su salud general para siempre. La carrera de Luna como emparejadora estaba acabada, pero enviarla a respaldos era una tortura peor: la obligaba a quedarse ahí sin poder trabajar en su anhelado puesto; pero, por otro lado, conservaría una entrada económica estable hasta su jubilación.

—Sé lo que piensas —continuó Luna— pero lo hice bien. Esa niña era perfecta para él. Genéticamente indicada. Lo revisé mil veces antes de enviar la solicitud de emparejamiento. Era el caso del año. Tenía que hacerlo de forma exitosa, no podía arriesgarme a hacer un falso positivo.

Luna tembló, aunque no se había equivocado en su diagnóstico. La culpa por la muerte de la bebé permanecería por siempre en su conciencia.

—Ese niño tiene la sangre sucia. No es normal —dijo Luna, abrazando a Leo—. Descargué su expediente confidencial antes del proceso. Es la tercera vez que uno de sus enlaces muere. Esto no está bien.

Luna tomó una tarjeta de memoria y se la entregó a June, diciendo:

—Es todo su reporte médico y el de sus enlaces previos. Puedes hacer tú misma los cálculos. Todas eran perfectas.

June agarró la tarjeta, más que todo por curiosidad. Seguían sin creer en la inocencia de Luna. Prefería ella misma confirmar los valores.

—¿Por qué Javier permite seguir enlazando a este niño? —preguntó Logan, que era por mucho el único en la conversación que seguía creyendo en la inocencia del Oráculo y sus mandatarios.

—Es su hijo —confirmó Luna la sospecha que había tenido June desde que supo que recibía hormonas sintéticas—. Su hijo es imposible de enlazar.

June lo recordaba. En brazos de su madre lucía mucho más grande que Julia, porque lo era. Habían extendido su vida con hormonas sintéticas y ahora robaban la vida de sus enlaces en un intento de sobrevivir. Las rosadas mejillas del niño estaban teñidas de la sangre de esas inocentes niñas que sus padres perdieron para siempre.

Tenía que detenerlos.

CAPÍTULO 13: VIERNES

Logan se disculpó por tener que activar el *casco* un rato más por la tarde. Esa noche entregarían los resultados de la evaluación a su familia y Sofía estaba teniendo una crisis nerviosa.

June aprovechó la distracción para prepararse mucho mejor que en la última oportunidad: se depiló hasta el último vello del cuerpo, se perfiló las cejas y se maquilló el rostro sin usar labial (sabía que Logan odiaba su sabor), se arregló el cabello en ondas, se imprimió diseños del cómic de Logan en las uñas, se entalló un ajustado vestido azul rey (su color preferido) y se subió en unos tacones de vértigo, ideales para lucir las pantorrillas, pero terribles para dar cinco pasos seguidos.

Valeria se marchó un cuarto antes de las siete a la habitación, esta vez alquilada por June , no sin antes recordarle que su tiempo se acababa y que June podía manipular a Logan para ayudarlas. June asintió. Valeria se había negado a tomar el prototipo de enzima que June creó, alegando que no podía arriesgarse. June no pretendía venderse por la ayuda de Logan, pero sí pensaba encontrar la forma de convencerlo.

Por último se acomodó los pechos dentro del sostén, dejando al descubierto casi la mitad de ellos, y se acostó en el sofá con una mano junto al costado, preparada para llamar a Logan a acompañarla en cuanto terminara.

Esperó.

Y esperó.

Hora y media más tarde, Logan seguía de pie, inerte detrás de la luz azul brillante. Algo andaba mal, muy mal.

June se mordía las uñas, aburrida, cuando el *casco* de Logan se apagó, mostrando su encolerizado rostro.

—¡No puedo creer lo inútiles que son! —gritó lleno de ira, sin prestar atención a June—. Los del banco dicen que no les importa que guardemos nuestro dinero por separado, que necesitan tu autorización para hacer una transferencia de esa magnitud.

Logan por fin levantó la mirada y se encontró con el trabajado atuendo de June. Levantó las cejas hasta que se perdieron en su flequillo. June sonrió, regocijada de verlo relamerse los labios.

—¿Sucede algo? —preguntó con la voz más sugestiva que encontró.

Logan tragó saliva y meneó la cabeza varias veces para concentrarse.

—Necesito enviarle mis ahorros a Sofía para levantar su calificación en ese criterio, pero necesito tu firma.

June se levantó de un brinco. Perdió el equilibrio al posicionar mal la delgada aguja de su tacón. Logan la atajó por las axilas, apretando sin querer los costados de sus pechos. Él se ruborizó y retiró las manos tan deprisa que casi la hizo caer. Ella sonrió quitándole importancia y lo tomó por el brazo para firmar en su brazalete. Estaban tan cerca que el olor de su cabello lo invadió por completo. Estaba exquisita, y por primera vez se había arreglado para él. Lo estaba seduciendo. «¡Como si fuera necesario!», pensó él con ironía.

—Creo que pusiste ceros de más —dijo ella al ver el monto de la transferencia.

Él se inclinó y revisó dos veces.

—Es la cantidad correcta —le confirmó.

—¡Pudimos comprar un mejor apartamento con todo este dinero! —le reclamó ella, firmando—. ¿Por qué no me dijiste que lo tenías?

Logan apartó la mirada del escote de June, donde se había distraído, e ignoró la pregunta. June carraspeó, esperando la respuesta.

—Lo estaba reservando para una eventualidad —respondió él.

—¿Una eventualidad más importante que comprar nuestro apartamento? —preguntó ella, incrédula.

Logan tocó varios comandos en su brazalete para completar la transacción y mantuvo la mirada posicionada en un punto en el piso. Entonces June comprendió.

—No... — se llevó las manos al rostro, pasmada—. ¿Tú... tú lo sabías?

Ella negó con la cabeza. Logan levantó el rostro, sorprendido.

—¿Tú lo sabes? —preguntó él con genuina preocupación.

—¿Desde cuándo lo sabes? —ella retrocedió unos pasos.

Logan la miró directo al rostro. Verla tan triste le partía el alma. Ella merecía saber la verdad.

—Cuando le mentí a papá de que habíamos tenido relaciones la primera vez, él me explicó que debía ahorrar todo lo que pudiera en caso de tener un hijo. Estar preparado. No me lo dijo directamente, pero supuse que así había logrado mantener a la familia unida.

June no lo creía posible. Ya había superado el hecho en sí, pero Logan... lo ocultó.

—¿Y no me dijiste nada?

Logan se desplazó incómodo por la sala. Estaban por perder la custodia de Julia, ¿y June sacaba este tema oscuro de su familia a relucir?

—¿Qué querías que te dijera? —replicó él—. Además, tú lo sabías y no me dijiste nada a mí. ¿Por qué tendría que sentirme mal por no decirte?

—Porque esto es sobre mí, no sobre ti.

—Todo lo que es tuyo me compete —él dio un paso adelante, ella retrocedió dos.

—No debería —declaró ella con frialdad—. No es algo de lo que esté orgullosa.

June se abrazó con las manos, se sintió desnuda. Todo aquello caía sobre ella, como el día en que se dio cuenta. El día en que sus padres le confirmaron que pertenecía a los padres de Logan.

—¿Es por eso que estás tan molesta con mis padres? ¿Es por eso que no soportas tu enlace? —«¿Es por eso que no me quieres?», fue la pregunta que a Logan le faltó formular—. ¿Porque mis padres pagaron por el derecho a conservarte? No tenían otra opción. Ellos te cuidaron como…

—¡No es eso! —gritó June, luchando por sacarse los zapatos—. ¡No es algo que te incumba!

—June, no hagas esto de nuevo —suplicó él—. No te cierres. Quiero entender. Creo que podemos salir de esto. No quiero perderte de nuevo.

Él le extendió los brazos, mostrando el amplio pecho donde June había llorado un par de días antes. Ella negó con la cabeza, conteniendo las lágrimas. Toda la emoción que ardió en su corazón ante la expectativa de su cita se consumió y solo le dejó el sabor amargo del humo.

Levantó la mirada, decidida a gritarle que se metiera en sus asuntos, que no necesitaba lástima ni le debía nada, pero la imagen que encontró la quebró. Logan la observaba con genuina preocupación, tenía la boca ligeramente abierta y respiraba con dificultad. La mandíbula le tembló cuando gesticuló un «por favor» tan suave que no sonó.

—No es con ellos con quienes estoy molesta —dejó ir ella, caminando descalza hacia él, despacio—. Tus padres estuvieron dispuestos a comprarme y me dieron una buena vida. Estoy agradecida con ellos. —June tragó saliva y continuó—: Mis padres estuvieron dispuestos a venderme. Se suponía que ellos debían amarme.

Logan caminó el tramo que le faltaba a June para llegar hasta él. Ella se dejó abrazar y se sumergió en su pecho. Él le acarició la espalda desnuda y apoyó su mejilla sobre su cabello.

—Cuando me enteré, tomé todo el fondo de graduación que tus padres ahorraron para mi universidad y se lo entregué a Mario, para comprar mi libertad —explicó June entre sollozos, desde el pecho de Logan—. Él me dijo que no era necesario, que era libre de marcharme cuando quisiera, que ellos no me tenían a la fuerza.

Logan le acarició la espalda en silencio. Ella estaba haciendo un esfuerzo sobrehumano para contar todo aquello. Apreció mucho el gesto.

—Llamé entusiasmada a mis padres para contarles la noticia, pero no me quisieron de regreso. Dos adolescentes eran una carga demasiado pesada para ellos —continuó ella—. Pero un año después conservaron a mi hermano junto con su enlace.

Logan le acarició el cabello y le besó la frente. Dar muestras de afecto no era su fuerte, esperaba que ella entendiera cuánto significaba para él que ella se abriera. June se sintió lo suficientemente segura para soltar la verdad que la había atado por tanto tiempo.

—Si mis verdaderos padres no lograron amarme, ¿quién podría hacerlo?

Las piezas cayeron en todos los lugares correctos. Luego de tantos años preguntándose qué había pasado, qué había hecho para ofenderla, pensando que él no era suficiente, todo cobró sentido. Años atrás, June había dejado de besarlo porque no se creía merecedora de ser amada, porque pensaba que él solo estaba con ella porque no tenía opción. Ella no sentía su amor.

Logan se tragó su inseguridad, su orgullo y el miedo, y dejó fluir lo que de todas formas ya sentía:

—Yo lo hago —la separó de su cuerpo para mirarla de frente. Él también tenía los ojos empañados y la nariz roja—. June, yo te amo.

Estaba seguro de ello, la había amado todo este tiempo. El desapego de June había logrado enfriar sus sentimientos, pero no los había apagado. Él nunca había dejado de amarla.

Ella reconoció en aquel rostro, que le era tan familiar, la veracidad de sus palabras. No había lástima ni duda ni mentira. Él la amaba.

June se puso de puntillas para besarlo. Logan le respondió de buena gana. Ella le llevó las manos al cuello sin restricciones. Estaba cansada de esperar, llevaba cuatro días deseando como nunca un beso suyo y varios años anhelando ser amada. Había perdido el tiempo buscando recibir de cualquier imbécil de internet ese cariño que siempre la esperó en él.

June usó la lengua para abrirle la boca y lo besó con tanta habilidad que Logan se mareó. Ella había aprendido nuevas técnicas en todos esos años y él seguía en el mismo lugar donde ella lo había dejado. June subió una pierna al costado de él. La calidez del interior de su muslo penetró la piel de Logan, encendiéndolo. Ella lo guió para que tomara su cadera y la acariciara. Logan rompió el beso, presa del pánico. Estaban avanzando demasiado deprisa.

—No dije eso para que te acostaras conmigo —dijo, con la cara color carmín intenso.

—Lo sé, y yo no lo hago para convencerte de entrar en el Oráculo —confesó ella—. Deseo hacerlo.

Logan no tuvo tiempo para evaluar adecuadamente las palabras de June, pues ella volvió a unir sus labios y el pensamiento se le turbó. Las consecuencias, las limitaciones, el temor no tuvieron tiempo de apoderarse de él y detenerlo. Su cerebro ya no mandaba, lo que estaban haciendo era más grande que él. Era June. Ella, mirándolo con sus oscuros ojos aún algo enrojecidos. Ella se había abierto a él, le había hecho un espacio en su corazón, se permitió confiar en él y ahora se abría a la posibilidad de unirse como nunca lo habían estado.

June temblaba por la anticipación. Logan la admiraba con mucha más intensidad que en aquellas sesiones de besuqueos en su adolescencia. Ya no era un tímido colegial. Ella se sintió en llamas. Nunca había tenido un invitado que la hiciera abrirse de esa forma, que la hiciera sentir tan segura como para llorar frente a él. De hecho, solo Logan la había visto llorar en la vida. Él siempre estuvo ahí, siempre con ella. Esta vez June silenció la voz en su cabeza que le susurró que Logan estaba ahí porque no podía irse. En cambio, le creyó a sus ojos. La forma en la que aquellos ojos verdes la miraban le decía que no había lugar entre cielo y tierra donde quisiera estar más que ahí, con ella. En ella.

Le acarició el mentón y se perdió entre su cabello. Sintió sus manos en la espalda y apretó su cuerpo contra el suyo. La intoxicante presencia de Logan se apoderó de ella. El sabor de sus labios, el calor de su piel, el jadeo que era ahora su respiración, el olor de su cuerpo... Todo lo que June podía ver, oír, oler y sentir era él.

Logan estaba más allá del punto de no retorno. No tenía que dar órdenes a sus músculos, su cuerpo se movía solo. Ella lo guiaba, no de una forma autoritaria, ni siquiera tuvo que formular palabras. Eran las respuestas de June a sus caricias lo que conducía a Logan. Supo dónde tocar, cómo hacerlo, cuándo detenerse. Estaba abrumado, con el cerebro aturdido. Se movía por la certeza de que June se estaba entregando a él.

Ella no era ninguna novata. Varios de sus invitados habían presumido de sus habilidades y experimentado con ella. Habían intentado sorprenderla, hacer despliegue de sus capacidades como si June fuera una especie de parque de acrobacias, un gimnasio. Logan no parecía intentar complacerla, no habría sabido cómo. Él solo la disfrutaba. De alguna forma aquello era mucho más excitante que nada que June hubiera sentido antes. No la trataba como un muestrario para poner en práctica sus puntadas y remaches: la miraba a los ojos, respondía a su cuerpo, se sumergía en su ser. La veneraba como un tesoro hermoso y valioso, como algo inalcanzable y sobresaliente. Como algo amado.

No pronunciaron palabras, no fue necesario. June solo absorbió la misma entrega que él le daba y se permitió dejar de pretender impresionarlo. Acostarse con Logan no requería esfuerzo extra. Con sus usuales invitados siempre buscaba conectar de alguna forma, lograr que alguno entrara en su corazón, que se enamoraran y vivieran su fantasía de amor correspondido y deseado. Con Logan no era necesario esperar nada maravilloso de ese encuentro. No era un prospecto a amante, era... solo Logan. Así que se animó a disfrutarlo sin esperar ningún resultado favorable, ni siquiera esperaba que durara demasiado. Acarició, apretó y degustó cuanto pudo de él, y él le pagó con la misma moneda.

El aire estaba tan cargado que se podía ver; ellos estaban tan ocupados que no tenían necesidad de hacerlo. June pensó en pedirle que usara protección, como lo hacía con todos sus invitados, pero descartó la idea. Logan no era como sus otros invitados. No se iría en medio de la noche e ignoraría sus mensajes por la mañana. No comentaría su encuentro o dejaría una reseña sobre ella en sus redes sociales. Se sintió segura, llena, feliz.

Amada.

Empujó a Logan para hacerlo caer en el sofá, se subió el vestido hasta la cintura y se sentó sobre él, rodeándolo con las piernas. Volvió a tomar la iniciativa y le abrió los pantalones. Él estaba atrapado bajo el calor de su cuerpo y no le molestó para nada. La sintió sobre él, tocándolo, guiándolo. Nunca había sentido tanto calor. Deseaba a June más que a nada en el mundo. Deseaba que lo mirara así toda la vida, decidida a estar con él por siempre. La pasión que vio en sus ojos solo se la había visto cuando hablaba de la posibilidad de vivir sin su enlace.

Entonces lo recordó, lo golpeó con fuerza. No podía ignorarlo.

June no había dicho que lo amaba. Había sido directa en ese punto, no lo amaba. Pero él... Mirándola entre sus brazos, oliéndola, sintiendo el palpitar entre sus piernas, escuchando su sensual clamor... Él estaba enamorado de ella. La quería proteger, la quería conocer, anhelaba hacerla feliz.

Activó todos los protocolos de emergencia en su cabeza, reclamó sangre desde la entrepierna para hacer funcionar el cerebro y a toda prisa presionó los frenos. La apartó con premura, como si ella estuviera en llamas. June lo miró sin comprender, casi cayendo de su regazo.

—Me vas a romper el corazón —dijo Logan. No era una pregunta. Él lo sabía, estaba demasiado envuelto en June como para salir airoso de su desamor. Terminaría con el corazón roto, abriéndole la puerta al invitado de la próxima semana. Con el corazón roto, escuchándola planear romper su enlace, festejando con falsedad cuando lograra por fin su objetivo.

Con el corazón roto y el costado vacío.

June se sentiría sucia a la mañana siguiente por lo que dijo a continuación, pero la necesidad de tener a Logan en ese momento era demasiada como para pensar con empatía.

—Las almas gemelas no se rompen el corazón la una a la otra.

June no creía que fueran almas gemelas, pero esperó que Logan lo creyera y que eso fuera suficiente para hacerlo continuar.

Él ignoró a la voz llena de dudas y cuestionamientos sobre su fe, esa voz que sonaba como June, y se entregó a su faena. Decidió creer sin reservas. June era su alma gemela. Lo que fuera que ocurriera entre ellos luego de ese encuentro sería bueno. Ellos estaban destinados a estar juntos. Lo que estaba ocurriendo era solo el flujo natural de su historia.

Cuando él volvió a tocarla, June no opuso resistencia. Él tomó la iniciativa por primera vez y se sumergió en su escote. June jadeó sorprendida y encantada a partes iguales. Logan desnudó sus hombros, saboreando el sudor que la recorría, y siguió con sus labios el color morado de su enlace.

June lo guió como quien tiene completo conocimiento de su cuerpo. Él jadeó tan lleno de sorpresa que a June le pareció tierno y le sonrió. Logan le pagó con una sonrisa completa. June no volvería a ver las sonrisas completas de la misma forma. Todas y cada una de ellas la remontarían por siempre a aquel momento donde sus cuerpos se unieron, donde Logan entró en ella y le llenó lugares en el alma que no sabía que tenía vacíos.

Cuando June intimaba con sus invitados siempre tenía que ser cautelosa para no jalar de su enlace o el de su acompañante. Terminaban con un rango de movimiento muy limitado y los distraía a cada momento. Pero ahora su enlace se movía junto con ellos, acompañándolos. Algunas veces rodeándola como una extremidad más. Podía moverse con libertad sabiendo que Logan mantenía su ritmo y le seguía el paso. Besuqueó la línea amarilla en el pecho de

Logan, recorriendo su color hasta que se perdió sobre el corazón. Se sintió libre. Por primera vez en la vida no le molestó el enlace. Olvidó su existencia. Supuso que era algo hormonal, que algo en su enlace la hacía sentir de aquella manera. Era una con Logan.

Él sumergió los dedos en sus caderas para moverla mejor. No tenía idea de qué estaba haciendo, solo quería tenerla más cerca, asegurarse de que ella no se alejaría. Su rostro era hipnótico. No podía parar de verla jadear sobre su regazo. La forma en la que las elegantes ondas de su cabello brincaban salvajes sobre sus hombros; cómo su pecho subía y bajaba agitado, sentirla presionar con las piernas pidiendo más; la forma en que ella luchaba por mantenerle la mirada, orgullosa, aunque el placer la consumía... Todo aquello superaba con creces cualquier fantasía que Logan hubiera tenido sobre ese momento. Era perfecto. Solo lamentaba no tenerla desnuda, piel con piel. Se encontró deseando repetirlo todo, esta vez sin ropa.

Sus ojos verdes se llenaron de duda cuando la sintió llegar. Le preguntó sin palabras si la había lastimado. June estaba tan perdida en lo que sentía que no pudo contestarle, solo apretó su cuerpo contra el suyo y jadeó en su oreja. Supo que Logan entendió lo que ocurría cuando apresuró el ritmo y la alcanzó en una explosión que ella nunca había sentido de forma tan directa.

Ella se arrepintió del artículo que había escrito semanas atrás. Debía ser más profesional y confirmar los hechos antes de escribirlos. Estar con Logan fue único. Decir que no había sentido nada era una tontería, lo había sentido todo. La había llevado donde nunca había estado, de regreso y en redonda de nuevo.

Él no se vistió y se fue. No había terminado con ella. Recién la había probado y quería más, mucho más. Quería tenerla así por siempre. Y no se refería solamente a tenerla sudada y llena de él: la quería feliz, relajada contra su pecho. La protegió en un abrazo y le acarició el cabello, la espalda, le respiró en la oreja. No quería dejarla ir ni separarse. No tenía prisa. Dormir con ella entre los brazos era parte del milagro de aquella noche.

June relajó el cuerpo y bajó la guardia, disfrutó del palpitar del corazón de Logan y buscó en sus labios algo más de cariño. Él la besó con suavidad, como la primera vez. Le besó los párpados, la frente. Seguía agitado, al borde de caer rendido, pero no quería dejar pasar la oportunidad de acariciarla un poco más. Temió que aquella fuera su última oportunidad de saborearla. June se sintió cómoda, en completa paz. Nunca pasar la noche con un invitado se había sentido tan adecuado, tan exacto.

A la mañana siguiente los despertó el grito de Valeria, que al regresar al apartamento los encontró en el sofá, dormidos a medio vestir. June se apresuró a acomodarse el vestido.

—Lo siento muchísimo. No quise interrumpir —dijo Valeria, nerviosa pero sonriente.

Logan se percató de la decena de mensajes y llamadas que había ignorado durante la noche. Se había quedado dormido de manera tan profunda que se había perdido el veredicto del juez. Activó el *casco* sin dar explicaciones y desapareció tras la luz azul.

June fulminó a Valeria con la mirada y le dijo:

—No es lo que parece.

—No la estoy juzgando —aclaró Valeria.

—Y no tienes por qué hacerlo. No es lo que crees.

Valeria se giró para darles la espalda. Logan seguía medio desnudo.

—Siempre supe que era brillante, June —la halagó Valeria—. Todas tenemos que hacer lo que tenemos que hacer para triunfar. Nunca juzgaría a una hermana por hacer lo que tenía que hacer. Eres valiente. Seguiste lo acordado y convenciste al ingenuo de tu enlace para entrar en el Oráculo. No es tan grave.

Valeria giró para ver a June y miró horrorizada cómo Logan había terminado su llamada y la miraba. ¿Cuánto habría escuchado?

June se giró para descubrir que Logan no estaba usando el *casco*.

—Logan, eso no es cierto. Yo...

Logan levantó la mano para detener sus excusas. Tenía el rostro crispado por la furia.

—Entraré en el Oráculo —dijo él—. Haré todo lo posible por destruirlos.

—No lo hice por eso. Te juro que lo que ocurrió...

—¡JUNE! —gritó él para hacerla callar. Ella se encogió asustada. Logan nunca gritaba. Una solitaria lágrima recorría su mejilla—. No todo tiene que ver contigo. Perdimos la custodia. Ellos nos superaron económicamente de forma exorbitante. A Orión se la llevará la familia de su enlace.

CAPÍTULO 14: JADE

—¿Orión? —preguntó June sin entender.

—Es su nuevo nombre —explicó Logan—. Lo eligió Jade para que combine con Oasis.

June jadeó sorprendida, y para sorpresa de todos, Valeria también. Logan también sabía, gracias a Luna, lo que eso significaba: no solo habían perdido la custodia de Julia, también podría correr la misma suerte de las últimas tres parejas de ese niño.

—No podemos perder más tiempo —dijo Logan, buscando papel y lápiz—. Julia será emparejada a finales de mes.

—Es demasiado pequeña. ¿Cuánto tiempo ha estado con Sofía? ¿Una semana? —preguntó June, indignada.

Logan encontró lo que buscaba y empezó a trazar una cuadrícula.

—Apelaron para la aceleración del proceso porque la vida del niño corre peligro. Su hijo necesita a Julia lo antes posible —explicó Logan, furioso—. Ellos son dueños de este juego, no tenemos formas legales para ganar. Lo controlan todo. Tendremos que ser drásticos.

June miró a Valeria. Ella tenía las mejillas encendidas por la emoción. Por primera vez en días resplandecía en salud.

—¿Cuáles son nuestros impedimentos para llegar a la enzima? —preguntó Logan.

—¡Ya tenemos la enzima! —reclamó June—. Yo la repliqué.

Logan miró a Valeria y volvió su atención a June.

—Espero que entiendas que tengo problemas de confianza contigo —contestó él con ironía. Ella abrió la boca para replicar, pero se contuvo—. Prefiero que mi sobrina recién nacida reciba una dosis que sepamos que funciona de antemano.

—No creo que siga almacenada en el mismo lugar donde me tenían prisionera —dijo Valeria, aprovechando la urgencia de Logan. No quería darle tiempo de enfriar su enojo y cambiar de idea—. Pero debe ser un cuarto grande y en temperaturas bajo cero. Podríamos usar un dron para buscar habitaciones en el edificio con esa marca de calor.

—La enzima no necesita estar almacenada a esa temperatura —la corrigió June.

—June, sé que cree que leer esa bitácora la convierte en una experta, pero yo trabajé hombro a hombro con Alberto. Estoy segura de lo que debemos buscar —replicó Valeria.

June pensó que ahora que Logan estaba de su lado, Valeria tenía mucha más confianza que antes. Se mordió la lengua y aceptó que ella tenía más experiencia en el tema.

Logan anotó el dato en su cuadrícula y trató el asunto como si se tratara de un juego de estrategia. Definieron juntos sus limitaciones y la forma correcta de contrarrestarlas. Necesitaban, por ejemplo, encontrar la manera de robar la llave de acceso de Javier Jade y buscar una forma de salir una vez encontraran la enzima, además de disfraces para proteger sus identidades.

—Necesitamos un plan para que yo pueda entrar sin ser vista —añadió Valeria.

—Nosotros podemos traer la enzima aquí —dijo June—. Usted es demasiado llamativa, no podemos arriesgarnos.

—June, se lo ruego. Necesito volver, asegurarme de destruir toda la información que me robaron. Es la investigación de toda una vida. No puedo permitir que ellos la tengan y la usen para su beneficio —Valeria se lanzó al suelo, a los pies de June, rogando. Volvía a lucir cansada y sin esperanza—. Necesito entrar, no puedo dejarlo así. No así —las pupilas le brincaron dentro de los ojos como si recordara algo de pronto—. Podríamos ayudar a muchos, liberarlos. Individuos, autonomía —se giró hacia Logan—. Eso en serio los golpearía donde más les duele. Los lastimaría de verdad. Yo podría infectar su sistema de seguridad desde adentro. Era el área de expertis de Víctor y tengo sus datos. No creo que esos inútiles cambiaran gran cosa.

June y Logan no estaban del todo convencidos, pero aceptaron. Eso sumaba a sus problemas esconder a Valeria, pero restaba el escape. Con los sistemas caídos escaparían con mayor facilidad.

El tendón de su cuello se dibujaba por la tensión en la mandíbula. No había dicho nada en horas. Logan no era un estratega militar ni nada por el estilo, pero era creativo. Solo tuvo que extraer la realidad de su situación. Tenía que pensar que se trataba de alguien más, de alguien capaz, de alguno de sus personajes. Imaginar su peliaguda situación como un giro en una de las tramas que magistralmente escribía desde adolescente.

June también estaba ocupada, pero la sola presencia de Logan la distraía. Lo ocurrido el viernes, diez días atrás, la había afectado mucho más de lo que quería admitir. El aroma de Logan, cualquier roce de sus dedos contra su piel, cuando lo escuchaba resoplar, todo la hacía reaccionar como una presa en celo. Que Logan pensara que todo había sido una estrategia para usarlo empeoraba la situación. Ahora su relación era más lejana que al inicio, y June lo lamentaba.

Por las noches Logan no dormía, pero dormía mientras ella trabajaba, y evitaba a toda costa cualquier oportunidad para conversar en privado. Él no había mencionado el asunto. Apenas le hablaba. Se la pasaba tras su *casco* consolando a Sofía, planeando su entrada en el Oráculo o haciendo quién sabe qué, pero su brazalete no dejaba de sonar o vibrar día y noche. Parecía que él tampoco había sido del todo sincero con ella aquella noche. ¿Cómo se puede dejar de amar a alguien tan deprisa?

June dio un codazo a Logan cuando vio a Jade Javier acercarse a ellos. Traía un entallado vestido rosa brillante hasta los muslos, que con sus ondas de cabello rubio la hacían lucir como una muñeca de plástico, con todo y sus exuberantes pechos a medio vestir.

Logan sonrió y se levantó para saludarla. La mujer lo abrazó y le plantó un beso excesivamente húmedo en la mejilla, casi en la línea de la mandíbula. Junto a Jade, Javier caminaba por inercia detrás de su *casco* activo. June intentó cerrar algunas de las ventanas que Logan tenía a la vista con detalles del plan de ingreso al Oráculo, a menos de un metro del alcance de sus enemigos. Logan la detuvo con un movimiento de la mano, tomó la tableta con el dibujo más avanzado y se lo mostró a Jade. Ella sonrió y lo agarró mientras Logan trazaba las líneas con su dedo índice explicando detalles.

June se sintió invisible, Jade ni se molestó en saludarla. La mujer se quedó mirando la pantalla, interesada en la explicación del chico. Logan dejó de hablar y clavó la mirada en el rostro de Jade. Ella subió la vista para mirarlo y se ruborizó al notar que la veía con tanto descaro.

—Lo siento —dijo él, apartando la mirada un segundo. Volvió a fijar sus brillantes ojos verdes en ella y añadió, sonriendo sin revelar sus hoyuelos—: Me distraje con la forma tan perfecta de sus labios.

Jade soltó una risita infantil y golpeó de forma cariñosa el pecho de Logan. Él capturó su mano y la sostuvo en ese lugar.

—¿Lo siente? El corazón está a punto de salírseme —Jade dio un pequeño jadeo y se humedeció los labios—. Estoy muy emocionado por hacer esto. Excitado, diría. Dígame que usted lo está también.

June puso los ojos en blanco, asqueada. ¿Qué demonios estaba pasando? ¿Estaba acaso encerrada en una película para adultos y nadie le había notificado?

El pecho de Jade subía y bajaba por la emoción. Miró en todas direcciones antes de contestar. Fue así como se percató de June por primera vez y recuperó de un brinco la mano que reposaba entre las manos y el pecho de Logan.

—¡June! —casi chilló Jade—. ¿No usa el *Casco*? Quiero decir... Hola. Su... Logan me pidió ayuda con una investigación para un nuevo fascículo de un cómic.

—No es mío —contestó June. Sonó mucho más molesta de lo que pretendía.

Jade retrocedió un paso lejos de Logan.

—No sea tímida, Jade —dijo él, volviendo a acortar la distancia entre ellos. Jade jadeó por la sorpresa. Logan era más fuerte y jóven que ella y mucho más atrevido de lo que le había parecido en sus anteriores interacciones, a excepción de los mensajes. Los mensajes fueron atrevidos—. June me apoya en este proceso. Somos un enlace sumamente... flexible.

Jade se tranquilizó un poco, pero de igual forma se apresuró a inventar una excusa y marcharse con un suave «Nos vemos mañana», no sin antes acariciar el bíceps de Logan y asegurarse de que él la mirara contonear las caderas hasta perderse de vista.

Logan se limpió con la manga la saliva de Jade del rostro en cuanto se fue, y regresó a sus documentos. June lo observó incrédula por unos segundos. Luego lo fulminó con la mirada. ¿Acaso no pretendía darle una explicación? Ella se aclaró la garganta. Tenía los labios fruncidos y las mejillas encendidas, además de una vena palpitándole en la sien con tanta fuerza que era visible.

—¿A qué estás jugando? —preguntó ella en susurros.

Logan dio un par de toques en su brazalete y le mostró a June la pantalla: la lista de trabas que habían identificado para entrar en el Oráculo. Dos de ellas estaban tachadas.

—No te burles —le advirtió él mirándola con una sonrisa completa. June se sintió mucho menos molesta de golpe—. Sé que lo notaste. Siempre estás buscando encontrar detalles de este tipo entre los enlaces. Las mujeres no son del todo escuchadas en esa familia. He escrito a Jade desde que decidimos entrar. Resulta que tiene mucho qué decir, y Javier no es de los que escuchan, tampoco de los que acarician, según las propias palabras de Jade. Se siente sola y busca compañía. Me dará un tour por las instalaciones bajo cero para mi nuevo cómic. Entonces descartaremos las zonas que me muestre de la lista que identificó nuestro dron. Jade no me mostrará dónde está la enzima, porque ni creo que entienda lo que está pasando, pero me dará pistas de dónde no está.

June abrió la boca, sorprendida. Era un buen plan.

—Además —continuó Logan—, llevará junto a ella a Javier, ciego detrás del *Casco*. Mientras yo me entiendo con Jade podrás robar su tarjeta de entrada. Dos puntos menos.

June parpadeó incrédula. En verdad era una idea brillante, y le dolió que Logan llevara un par de días gestándola sin comentarle nada al respecto.

—Es en verdad una buena idea —dijo para llenar el silencio—. Buen trabajo.

Logan borró la sonrisa y añadió:

—Parte del crédito es de ustedes. Ya sabes: "hacer lo que tenemos que hacer para triunfar". Un solitario enlace aprecia algo de calor humano, lo sabré yo.

June lo tomó por el brazo antes de que Logan pudiera activar su *casco*.

—Logan, no te usé. Nada de lo que pasó fue falso.

—¿Crees que soy tu alma gemela? —preguntó él.

June titubeó. No lo creía, pero eso no cambiaba nada. Había sentido una conexión con él aquella noche. Logan dibujó una sonrisa sin hoyuelos, ácida y triste.

—Lo supuse —dijo, retirando con delicadeza la mano de June—. Decidí creer de todas formas y continuar. No me arrepiento en lo más mínimo.

—Yo tampoco.

—Lo sé. Te conozco.

—¿Y sabes que soy incapaz de usarte?

Logan se acercó y acarició la nuca de June, apenas haciendo contacto con las yemas de los dedos. Ella reaccionó al instante, curvandose hacia él.

—Te conozco, sé que no eres tan buena actriz. Tal vez nunca estaré seguro de tus motivaciones, pero lo que dijiste, la forma en la que me abriste el corazón, cómo reaccionas aún ahora a mi tacto... Eso no se puede fingir. Fue real.

Claro que había sido real. Las marcas amoratadas de los dedos de Logan sobre sus caderas se lo recordaban. June sonrió aliviada. Saber que Logan lo entendía la tranquilizaba. Tener aún su mano en la nuca le aceleraba el pulso.

—Lo que yo dije es verdad. Te amo, June.

Logan esperó un tiempo prudencial. No hubo respuesta. No esperaba una enorme declaración de amor, ella era demasiado orgullosa para hacer aquello. Con solo un «yo también», una sonrisa, una caricia, una afirmación con la cabeza, o aunque fuera con un gruñido, lo que fuera, bastaría para darle esperanza. Pero no ocurrió. June no despegó los labios, no se movió ni un centímetro, no cambió la expresión. Logan no tenía ni una pequeña luz, solamente tenía la espera.

Cuando la espera se hizo demasiado pesada de cargar, volvió a activar su *casco*. Refugiado detrás de él, recogió los trozos de su corazón. June había disfrutado su encuentro, eso lo tenía claro, como seguro había disfrutado sus encuentros con sus invitados, pero no lo amaba. Valeria tenía razón, él era demasiado ingenuo. Si una noche como aquella no la había hecho cambiar de opinión, nada lo haría. Nunca se despertaría amándolo.

Logan se obligó a volver su atención a Julia, a darle libertad, para que ella nunca tuviera que sufrir la carga de poner su esperanza en alguien que no la amaba.

June lamentó no haber dicho nada, pero las palabras se quedaban cortas. ¿Qué podía decir que fuera más claro que lo que habían hecho? No encontraba la forma de decirle cómo se sentía porque no sabía ni cómo describirlo. Lo que sentía por él se salía de su entendimiento para alguien como ella, que tenía tan poca experiencia comunicando lo que en verdad guardaba en el corazón. Era casi imposible verbalizarlo.

Leo, el enlace de Luna, les envió un *casco* estropeado para usarlo a su favor. No transmitía información, pero sí generaba el ruido y la luz característicos de estos dispositivos. Mientras Jade y Logan caminaban tranquilamente por los pasillos del Oráculo, Javier y June los seguirían distraídos en sus *cascos*. Solo que ella podía ver y escuchar lo que decían, lo que le daba libertad para robar la tarjeta de acceso de Javier. El único inconveniente era que tendrían que ejecutar el robo antes de que Javier se diera cuenta de la ausencia de la tarjeta.

La noche antes de ejecutar su plan con Jade, June vestía una delgada bata de dormir que no dejaba nada a la imaginación. Logan no la había visto nunca tan sensual. Ella le ofreció una botellita destapada con un líquido transparente. Ambos estaban sentados en su cama antes de acostarse.

—¿Qué se supone que quieres que haga con esto? —preguntó Logan, tomando la botellita con dos dedos, apenas sosteniéndola, como si contuviera material radiactivo.

—Es preventivo —contestó ella—. Sabes que deseo romper nuestro enlace, pero te juro que no pienso hacerlo hasta que estés de acuerdo. Si Javier intenta separarnos como represalia por nuestra intromisión de mañana, esto protegerá tu vida.

Logan le devolvió tan deprisa la botellita que el líquido en su interior por poco se sale del envase.

—Juré que no consumiría esa basura —le recordó.

—Juraste que no consumirás la enzima de Alberto y Valeria —lo corrigió June, acariciándole el muslo. Logan tuvo que usar toda su fuerza de voluntad para no reaccionar ante su tacto—. Pero esta no es esa, esta la diseñé yo misma. ¿Crees en mí?

Logan se mordió el interior de la mejilla. Claro que creía en ella. No existía nadie más apasionado que June con la idea de crear la enzima, y todo lo que ella hacía con pasión lo conseguía.

—Si crees en mí, pruébamelo ahora. Tómala. Te lo ruego —suplicó ella.

Beber la enzima iba más allá de la posibilidad de poder separarse, era un salvavidas. Javier había acabado con la vida de Víctor al separarlo de Valeria y June no creía poder soportar el dolor si perdía a Logan en su incursión al Oráculo.

—Sé que no me engañarías —dijo él, acariciando la mano de ella sobre su muslo. June sonrió—. Pero esto va en contra de todo en lo que creo, además de ser experimental. Vamos a estar bien, saldremos en una pieza del Oráculo.

—Yo la tomé hace varias semanas y sigo viva. Hice varias dosis. También tengo para Julia, para salvarla.

—¿Crees que usar su nombre en una oración me hará aceptar? —preguntó Logan, molesto—. Entraré en el Oráculo para buscarle un mejor futuro, pero no voy a comprometer mis creencias. Eres, y siempre serás, parte de mí. Si no estoy junto a ti, prefiero morir.

A Logan le sonó romántico, creyó merecer un beso por semejante declaración.

June tomó la botellita con furia y la dejó en la mesita de noche con un golpe tan contundente que hizo que el suero se derramara un poco. Le dio la espalda tan deprisa para acostarse, que su cabello golpeó a Logan de lleno en el rostro.

Él se acostó de espaldas a June y observó cómo el líquido lo juzgaba durante horas. Ahí estaba él, buscando a toda costa la libertad de Julia, al mismo tiempo que le negaba a June la suya. Era un perfecto hipócrita, lo sabía. Pero no podía perderla. La amaba tanto que no podía vivir con la idea de perderla, pero no creía amarla lo suficiente para dejarla ir.

—¿Tienes pensado viajar a algún lado? —preguntó Jade la tarde siguiente, al acercarse al escritorio de Logan. Eran poco antes de las siete de la noche y notó una gran maleta junto a él.

—Es algo de ropa que no uso con frecuencia —contestó Logan, quitándole importancia con una mano. Con la otra acarició el rostro de Jade—. Mi apartamento es pequeño y la guardo en casa de mis padres. Esta noche iré a dejarla.

Jade se inclinó un poco para comprobar si June usaba su *casco*. Ella pretendía estar dentro de él, inexpresiva.

—Yo podría conseguirte un apartamento más grande —le propuso Jade, acercándose a frotar su cuerpo contra él. Logan se sonrojó, asombrado por su iniciativa.

—Me conformo por ahora con el tour —contestó Logan, ofreciéndole el brazo donde debía sujetarlo.

—¡Oh! —dijo Jade decepcionada—. Pensé que eso del tour era una especie de palabra clave para algo más interesante.

Logan sintió la descarada mano de Jade sobre la entrepierna. Dio un paso hacia atrás, chocando con June. Pudo jurar que soltó una risita burlona, por suerte Jade no lo notó.

—Ya tendremos tiempo de hablar de apartamentos una mañana de estas —él intentó seguirle el juego sin poner en peligro su integridad.

Ella pareció convencida, pues se aferró al brazo de Logan.

—¿Él no nos interrumpirá, verdad? —preguntó Logan, refiriéndose a Javier. Su plan se vendría abajo si él decidía quitarse el *casco* y ver qué estaba haciendo Jade.

—Para nada —contestó ella, acomodándose mejor al costado de Logan—. Le dije que saldría a hacer ejercicio, para justificar que tengamos tanto movimiento. Además, por las noches suele jugar en la realidad aumentada hasta el amanecer.

Logan afirmó con la cabeza, y añadió con galantería:

—¿Empezamos? Después de ti.

Ella soltó una risita y empezaron a caminar, seguidos por Javier detrás del *casco*.

Logan no exageraba al decir que Jade amaba hablar: usaba cualquier detalle para contar una historia sobre ella o sobre su familia.

—Yo misma supervisé la compra de todas las estatuas y cuadros del edificio —dijo con voz melosa—. ¡Me apasiona el arte! La rebeldía de los trazos, la libertad de los colores... Me encanta verlos y sentir que viajo lejos hasta un lugar donde hay esperanza. Estoy segura de que me entiendes. También amas la libertad, ¿no? Tus cómics lo ponen en evidencia.

Logan, sin saber qué decir, afirmó con la cabeza.

—Seguro te he aburrido —soltó el agarre que tenía en el brazo de él, apenada—. Culparé a la edad. Llega un momento en que dejamos de ser apetecibles y solo somos molestas.

—No, para nada —se apresuró a mentir Logan—. Es solo que… —pensó rápido una excusa— me cohíbe tu presencia. Una mujer tan hermosa como tú y con una posición como la tuya… Me sorprende que aceptaras mi compañía.

Jade le dio golpecitos en el antebrazo y, para alivio de Logan, volvió a aferrarse.

—No tengo ningún cargo aquí. No entiendo la mitad de lo que se habla en este edificio. No soy especial —dijo con tristeza—. Lo único que me diferencia es que me enlazaron a un millonario —suspiró—. Y le saco el mayor provecho que pueda a mi situación.

Continuaron el recorrido por los pisos superiores, donde encontraron la primera sala fría. Era una de las más comunes, usada para almacenar componentes delicados pero no prohibidos.

—¿De qué trata el cómic? —preguntó Jade mientras Logan fingía tomar notas. Él tragó saliva—. No, no me digas, prefiero que sea una sorpresa. Nos darás una copia exclusiva, supongo.

—Por supuesto. Esta sala no es lo que estoy buscando —se aventuró a responder Logan—. Busco algo más exclusivo que tenga máquinas, equipo especializado. Quiero poder dibujar un laboratorio más realista.

—Entiendo. Tengo mucho más que mostrarte —contestó ella, bajando el hombro de su camisa vaquera.

El dron había detectado ocho habitaciones con la marca de calor determinada. Valeria había descartado cuatro de ellas por su diminuto tamaño, asegurando que lo que buscaban necesitaba más espacio. Jade mostró a Logan cinco salas, entre ellas, dos de las que habían descartado. La que faltaba debía ser la indicada.

—¿Por qué no tienen hijos? —preguntó Jade cuando agotó todos los temas de conversación superficiales.

Logan había hablado sólo un doce por ciento de la conversación, y aún así tenía la boca seca y la cabeza aturdida. Había hablado más esa noche que en toda la semana. Jade, por su parte, tenía un talento natural para hacerlo.

—No hemos podido —mintió Logan.

Jade le acarició el brazo.

—Entiendo. Nos tomó bastante tiempo a nosotros también, sobre todo el segundo.

Logan sintió la sangre hirviendo en sus venas. ¡Oasis, ese maldito niño! Él era la razón por la cual estaban en ese predicamento. Si tan solo pudieran deshacerse de él... Logan sacudió la cabeza, sorprendido. Nunca había tenido un pensamiento tan perturbador. ¿Qué pensaría Jade, que tan cómoda caminaba de su brazo, si supiera que secretamente él ansiaba ver a su hijo muerto?

—Aunque culpo a mi esposo por ese retraso. Es como si no estuviera interesado en tener otro luego de nuestro primogénito. Entre la empresa y cuidar a su padre, siempre estaba muy ocupado —masculló Jade, viendo a su marido—. ¡Nunca tiene tiempo para mí!

Logan sintió una pizca de lástima cuando ella explotó, como si tuviera tiempo conteniendo el llanto.

—¡Tuvo que pasar una catástrofe para volver a usarme! Suena trillado, pero es real: nadie valora la salud hasta que la pierde.

La condición de Oasis y el trato de Javier eran heridas que la atormentaban debajo de esa fachada de perfección. Logan quiso ayudarla. Después de todo, no sabía qué tanto entendía ella sobre el proceso de enlazado y cómo Oasis estaba matando a sus parejas. Tal vez si hablaba con ella, si la hacía entrar en razón, podría persuadirla de enlazarlo a Julia. A lo mejor Oasis podía vivir de las hormonas sintéticas o June podría sintetizar una enzima adecuada para él.

—Logan, hicimos cosas... horribles —dijo, tomándolo por los hombros. Logan, que era mucho más fuerte que ella, sintió temor. Jade sumergió sin misericordia las uñas como garras en la piel de sus brazos, presa del pánico. Sus ojos color caramelo, enrojecidos por el llanto, miraban por doquier, buscando escapar de su realidad—. Rompimos leyes naturales que no se debían tocar, experimentamos, robamos y matamos para mantenerlo con vida. Fracasamos y ahora nos están castigando. Mi hijo no está bien. No es como nosotros.

Ahí iba la esperanza de Logan de poder llevar el asunto por las buenas.

—¿Alguna vez has escuchado a una madre pensar que su hijo es un monstruo? —preguntó ella mientras abría los botones de su blusa—. Y aún así lo he intentado todo, ¡absolutamente todo!

June, que hasta ahora había escuchado aburrida en silencio cómo Jade parloteaba, había perdido cualquier rastro de disimulo y escrutaba a Jade. La mujer estaba fuera de sus cabales. Destapó uno de sus pechos: tenía la areola oscurecida y aumentada, señal de que seguía amamantando a Oasis. El seno no parecía ser el objetivo de Jade. Continuó girando para mostrarle a Logan su axila. Él dio un paso atrás y June se inclinó para ver el remanente de un trozo de carne saliendo de ahí.

Era un enlace. O al menos un intento de uno, con el mismo grosor y forma. Líneas verdes recorrían como telarañas todo el costado de Jade desde el punto de contacto del enlace.

—Intenté unirme a él, ayudarle a continuar, pero por poco me mata. Fue hace más de diez meses y sigo sufriendo las consecuencias. Es demasiado fuerte —explicó Jade, cerrándose la blusa.

—Es un cáncer —dijo Logan, imaginando lo que Oasis podría hacerle a Julia si había lastimado de esa forma a una mujer adulta.

Jade se apartó de Logan y se abrazó a sí misma mientras se percataba de lo mucho que había dicho.

—Aún no sabes nada del amor, Logan. Eres demasiado joven. No permitiré que nadie ponga en peligro el futuro de mis hijos.

—Solo ustedes mismos, ¿no? ¿Solo su padre? —preguntó June, sin poder contenerse más.

Jade la miró sin comprender. La luz del *casco* le cubría la mitad del rostro, pero era evidente que June estaba hablando con ella.

—¿Qué tiene ese niño? ¿Lo hicieron a la carta? —inquirió—. Manipularon su composición genética, ¿y ahora les sorprende que sea lo que es? —Jade abrió los ojos como platos—. ¿Luego de diez años su esposo la vuelve a tocar para tener otro hijo y no vio venir sus intenciones?

—¿June? —preguntó Logan, fingiendo sorpresa sin ningún éxito.

Jade negó con la cabeza, temblando.

—Era necesario. Tenemos que salvarlo —murmuró Jade a toda prisa—. Hice lo que cualquiera haría por su familia.

—¿Por tu familia o la suya? —preguntó June, apuntando a Javier, lo que fue un gran error, porque le recordó a Jade de su presencia. Ella tomó el trozo de carne que los unía y tiró con toda su fuerza. Javier desactivó su *casco*, furioso, preparado para reclamarle a su mujer, cuando vio la situación en la que se encontraban.

—¿Qué demonios pasa aquí? —preguntó Javier a Jade.

—Lo saben. Lo saben todo.

CAPÍTULO 15: VERDAD

Hasta ahí llegaba toda su preparación: las caretas magnéticas para proteger su identidad de las cámaras; el auto alquilado que los esperaba en el callejón para apresurar su huida; Valeria hecha un puño, escondida en la maleta junto al escritorio de June; el virus que Valeria había recuperado de los archivos de Víctor para borrar todo rastro del proceso de la enzima. El plan tenía sus fallas y agujeros. Solo un milagro los sacaría en una pieza con la enzima, pero era mucho mejor que revelar su identidad a Javier en medio de la noche, con las manos en la masa y los bolsillos vacíos.

—¡Exijo una explicación! —gritó Javier a su mujer con voz de trueno.

June acortó la distancia que había entre Logan y ella para agarrarle la mano. No era un gesto cariñoso, se preparaban para correr en la misma dirección al recibir la señal.

Javier pasó la mirada de la blusa a medio abotonar de Jade hasta Logan.

—¡Te hice una pregunta, malagradecida! —Javier tiró de su enlace para acercarla a él. Jade se encogió asustada, acariciándose el adormecido brazo. No era la primera vez que la lastimaba.

—Ella no tiene nada que ver —dijo Logan para sorpresa de June—. Nosotros lo planeamos todo.

Javier enfocó su enojo en Logan.

—¿Qué hacen aquí, a esta hora, con mi mujer? —preguntó Javier, activando su brazalete—. Y que sea una buena razón. Estoy solo a un toque de llamar a seguridad.

—Hágalo. Aunque no creo que le convenga —amenazó June, apagando la luz de su *casco* falso. La mirada de Javier brincó hacia ella— por la misma razón que no llamó a las autoridades la última vez que entramos: tenía miedo de que se supiera de Valeria.

Javier pasó la mirada de June a Logan.

—¡Tú! —lo apuntó con un dedo—. ¿Ustedes la dejaron escapar? ¿Dónde está?

—¿Acaso no la ha lastimado lo suficiente? —preguntó June, y apretó la mano de Logan ligeramente. Años de convivencia hicieron a Logan captar el mensaje. Él se mentalizó para correr a la siguiente señal.

—¿De qué hablas? Los únicos que han lastimado son ustedes. ¡Entrar aquí con el pulgar de mi padre y robarme!

—¡Ella no es su pertenencia! —refutó June, apretando la mano de Logan de nuevo. Él entendió enseguida y giró rumbo a la última habitación fría que tenían pendiente en la lista. Javier y Jade los siguieron.

—Espera —dijo June. Logan se detuvo sin cuestionamientos. Ella se acercó al panel de la puerta de vidrio que acababan de cruzar y cerró antes de que Javier y Jade pudieran cruzarla. Él alcanzó la puerta unos segundos después y sonrió con superioridad, buscando en el dobladillo de su saco la tarjeta de acceso. June plantó en el vidrio la tarjeta de Javier. Le hizo un gesto obsceno con la mano y le dio la espalda.

Tenían apenas unos segundos para llegar a la sala que faltaba por identificar antes de que Javier pidiera refuerzos. Ahí los esperaba Valeria.

—¿La tiene? —inquirió ella, ansiosa por entrar.

June asintió, blandiendo la tarjeta de acceso. El rostro de Valeria se iluminó. June pasó la tarjeta por la pantalla, y la puerta se abrió deslizándose a un lado.

—¿Está aquí? —preguntó Logan, incrédulo. Valeria afirmó con entusiasmo—. Es imposible que lo lográramos.

June, en la euforia, le dio un fugaz beso. Él le respondió con una sonrisa completa.

—Te dije que creyeras en mí —respondió June extasiada.

Ahí estaba. Luego de ser llamada loca por años, solo una puerta los separaba de la verdad. De la libertad.

No era lo que esperaba.

June esperaba múltiples estantes con tubos de ensayo y contenedores, o tal vez un par de computadoras, trajes de seguridad y equipos de medición. Pero lo que encontraron fue distinto: una habitación circular con paredes de vidrio, rodeada de una sala de espera y otra de observación. La sala interior tenía aparatos médicos y una camilla ocupada en el centro.

Valeria dio un grito ahogado de júbilo y corrió a acercarse a la sala interior. June la siguió a buen paso. Logan, a sus espaldas, caminaba con cautela, agudizando el oído por si aparecían más enemigos.

—¡Lo encontramos! —exclamó Valeria con lágrimas de felicidad en los ojos y apresuró a June a abrir la sala interna. Al pasar la llave de acceso por el sensor, una de las dos puertas del centro se abrió. Valeria entró primero y se acercó a la camilla casi corriendo. June sintió que los labios se le partían al recibir el impacto del cambio de temperatura, y se detuvo en el umbral, insegura de continuar, estorbando el paso a Logan.

Valeria se inclinó sobre la camilla.

—¡*Yeobo*! —dijo en lo que June supuso era coreano, acariciando el rostro del hombre que yacía inconsciente en el centro—. Volví por tí. Aquí estoy. Soy yo.

June inspeccionó la sala, confundida. No había contenedores ni computadoras. ¿Dónde se suponía que estaba la enzima?

—¿Es Víctor? ¿Está vivo? —preguntó June, reconociendo su suave latido en uno de los monitores.

Valeria la ignoró y plantó un beso en los labios morados y tiesos de su antiguo enlace.

—¿No pensarías que te iba a dejar aquí? Estamos juntos de nuevo —Valeria restregó su nariz contra la nariz de Víctor—. Vine a liberarte.

Valeria empezó a desconectar cada uno de los equipos que rodeaban a Víctor.

June estaba a punto de protestar, cuando sintió un terrible jalón en el brazo que la hizo caer de rodillas. Una fuerte sensación de entumecimiento la recorrió desde el enlace hasta el pecho y la paralizó unos segundos. Cuando el dolor se atenuó, se giró para comprobar su estado. Lo que vio le horrorizó: la puerta transparente que separaba la habitación interior de la antesala se había cerrado, prensando su enlace en el proceso. Del otro lado del vidrio, Logan también se recuperaba del impacto. De su lado, el enlace sangraba. June intentó alcanzar el panel de la puerta, pero el corto rango de movimiento se lo impedía.

—¡Valeria, detente! —gritó Javier. Entró por la segunda puerta al extremo opuesto, seguido de Jade. Su entrada había disparado el cierre del lado de June para preservar la temperatura.

—¡Lo vas a matar! —le advirtió Jade.

—¿Cómo podría estar vivo sin mí? —replicó Valeria, abrazando el cuerpo de Víctor. Tomó un bisturí de la mesa de insumos médicos junto a ella y lo apuntó en dirección a Javier y Jade—. Yo misma no estoy viva —les mostró el diminuto trozo de enlace que le quedaba—. ¿Así luce algo vivo? Esto no es vida. No sin mi Víctor.

June no reconoció en esa mujer a la científica que había conversado con ella días atrás.

—Pero... usted es un individuo completo sin él. Usted dijo... —empezó a murmurar June.

—No la escuches —dijo Valeria, cubriendo los oídos de Víctor—. Dije lo que ella quería escuchar. Claro que amo a mi enlace. ¿Qué tipo de enferma tendría que ser para querer separarme del amor de mi vida?

Valeria temblaba al hablar, furiosa con June. Logan golpeó el vidrio de la puerta, sin comprender. No escuchaba una palabra de lo que ocurría dentro.

—Memoricé sus estúpidos artículos y le dije lo que quería escuchar para que me ayudara a volver y liberar a Víctor —Valeria acarició con dulzura el rostro pálido de su amor—. Tengo que dejarlo partir.

Javier dio un paso adelante. Parecía agitado en exceso.

—Valeria, ustedes son un milagro moderno —dijo, intentando hacerla recapacitar—. En su supervivencia está el futuro de la humanidad.

—No quiero que usen su cuerpo como experimento. ¡Él se fue y es justo que descanse en paz! Cuando Alberto enfermó y Alina nos obligó a ayudarle a separarse de él, para vivir más allá de la muerte de su enlace, fue enfermizo.

—Tú vives más allá de la muerte de tu enlace —le recordó Javier, caminando despacio hacia ella—. Eres un milagro. Lo que pasó con Víctor fue... desafortunado.

Jade caminaba detrás de su esposo, con el brazalete activo, esperando alguna instrucción de Javier para actuar.

—¿Desafortunado? —gritó Valeria, escupiendo—. ¡Su madre cortó nuestro enlace para probar su hipótesis en nosotros, como si fuéramos ratas de laboratorio!

—De todas formas, él era una carga —replicó Javier. Tan solo dos pasos lo separaban del cuerpo inerte de Víctor—. Te ataba a esa cama junto a él.

—¡Es el amor de mi vida! —gritó Valeria—. ¡No seremos más de su propiedad!

Valeria cortó la manguera del oxígeno de Víctor con un movimiento firme del bisturí. Los equipos aún conectados a él empezaron a alertar sobre su condición crítica. Valeria se acercó el bisturí al cuello, amenazando con acabar con su vida.

—No hagas ninguna locura, Valeria. Te necesitamos —le susurró Javier.

—Yo morí cuando me separaron de él.

—Valeria, puedes seguir viviendo con la enzima —June intentó hacerla entrar en razón.

—¡La enzima no sirve! —confesó Valeria—. No logramos aislarla correctamente. Él ha estado en estado vegetativo por cinco años. Depende de la ayuda de estas máquinas, y yo estoy viva solo mientras los restos de las hormonas de Víctor en mi enlace sigan alimentando a la enzima. Una vez que se acabe… será mi fin. Aún ahora dependo de él, de la esencia que dejó en mí. Necesitamos los enlaces.

Javier aprovechó que Valeria se distrajo al contestarle a June para lanzarse sobre ella y tomarle la mano con la que sostenía el bisturí, alejándola de su cuello. Valeria luchó por recuperarlo con todas sus fuerzas.

—No, no —susurró June, negándose a aceptarlo—. Eso es lo que el Oráculo quiere que creamos, que necesitamos los enlaces. Nos enferma para que necesitemos de sus servicios. Nos contaminan para obligarnos a vivir a su merced.

—¡Entiende, niña estúpida, no hay trampa! —gritó Jade, intentando apartar el cuerpo de su esposo para atacar a Valeria. Aunque Javier era mucho más grande que las dos, estaba perdiendo la batalla. Tosía como si estuviera envuelto en humo y apenas lograba mantener los ojos abiertos—. El Oráculo empareja para sobrevivir —continuó, alejando su enlace del filo del bisturí de puro milagro—. No hay complot. ¿Crees que si hubiera una enzima milagrosa hubiera puesto en peligro la vida de Oasis?

Tenía que haber una forma.

June miró a Logan. Ella estaba equivocada. Lo había estado siempre. Había arriesgado sus vidas en vano.

El pitido en la máquina cardíaca anunció la muerte de Víctor. Valeria sonrió satisfecha. Su tarea estaba cumplida.

—¡Maldita! —gritó Javier, soltando a Valeria. Le había hecho un corte profundo detrás de la rodilla, lo que lo hizo medio caer sobre Víctor. Jade la soltó también para ayudar a su esposo—. ¡No, idiota! —la reprendió, al momento en que Valeria se quitaba la vida. Se desangró sobre su amado, entregándose a él con una sonrisa en los labios.

June lanzó la llave de acceso al panel de control como último recurso para liberarse. Tuvo la mala suerte de errar por centímetros, quedando la llave fuera de su alcance.

—¿Qué haremos con ella? —preguntó Jade a Javier, refiriéndose a June. Javier tomó el bisturí de las manos de Valeria, aún tibias.

—No lo sé —respondió.

A espaldas de June, Logan golpeaba el vidrió con furia.

—Sé cómo hacerlo —dijo ella deprisa—. Sé como hacer la enzima, sé duplicarla. Puedo hacerlo, puedo salvar a Oasis.

—Es mentira. Solo eres una molestia en un mundo que ya de por sí es complicado.

Jade ayudó a Javier a levantarse de la cama con mucha dificultad. Él jadeaba como si hubiera corrido una maratón. Tenía el tendón de la rodilla roto, sangraba en abundancia. Jade lo ayudó a moverse rumbo a June, cargando a duras penas su peso.

Logan vio a Javier caminar hacia June con el bisturí en las manos. Tenía los brazos enrojecidos y doloridos de golpear el vidrio. No se rompería. Tenía que pensar rápido o June tendría el mismo fin que Valeria. Se sintió inútil, como siempre había sido, incapaz de ayudar a June, condenado a verla sufrir. Era un estorbo. Aunque siempre había estado con ella, nunca la había hecho feliz.

Solo estaba condenada a estar con él.

A estar con él…

Logán se sorprendió de tener la certeza de lo que debía hacer, de descubrir que la amaba lo suficiente para dejarla ir. Era eso o ver cómo Javier la mataba y perderla de todos modos. De esa forma, al menos le daba la libertad que siempre había anhelado. Por fin la haría feliz.

Logan apoyó el pie contra el vidrio para darse impulso y sujetó el enlace justo después de la herida que dejó la puerta. Ignoró los lamentos de sus músculos y tiró con todas sus fuerzas.

June sintió el dolor de su enlace al rasgarse, y se giró para ver a Logan tirar de él con la intención de romperlo. Ahora fue June la que golpeó el vidrio. Si Logan los separaba, tendría el tiempo contado mientras el remanente de hormonas la mantenían con vida. Aún peor, Logan no tenía ni eso. Cortarlo era su sentencia de muerte inmediata.

Gritó con todas sus fuerzas, en vano. Logan no la escuchaba. Ella tiró del enlace para apartar el corte de las manos de Logan, pero solamente logró ayudarlo en su tarea. June negó con la cabeza y apoyó la frente en el vidrio, llorando. No podía terminar así, no podía perderlo. Nunca fue su intención perderlo de forma definitiva.

Logan dejó de tirar, acercó la boca al vidrio, con su aliento empañó una sección y escribió: «Ve a casa». Repitió el proceso y escribió: «Creí en ti». June leyó en silencio las dos anotaciones. Logan le dedicó una última sonrisa sin hoyuelos, sostuvo de nuevo el enlace y tiró del último trozo que los unía.

June casi pudo escuchar el golpe de Logan al caer de espaldas. Luego sintió que la mano de Javier la alcanzaba y tiró del enlace para recuperar el trozo que le correspondía de por debajo de la puerta. Al liberarse, gateó, alejándose de Javier.

—Sigue con vida... —Javier no daba crédito a lo que veía—. ¡ESPERA!

June recuperó la llave de acceso y corrió fuera de la sala con más libertad de la que había tenido nunca. No volteó para despedirse de Logan. La imagen de su cadáver inmóvil no era el último recuerdo que quería conservar de él.

CAPÍTULO 16: CASA

Corrió con los pulmones en llamas y se golpeó con las paredes al girar. Un rastro de sangre la seguía, goteando desde su enlace. June enrolló el sobrante alrededor de su muñeca para no lastimarlo. Era lo último que le quedaba de él. Lo último que la mantenía con vida.

Javier debía querer mantener a las autoridades al margen porque no activó las alarmas o tal vez el virus que Valeria había instalado en los sistemas de seguridad causó tantos estragos que no podían hacerlo.

La torrencial lluvia había vaciado las calles. Se detuvo unos segundos a recordar el plan. El auto. Debía escapar en él. ¿Adónde? Era libre y a la vez fugitiva. «Ve a casa», había escrito él. ¿A casa? Sin Logan, no sabía dónde era casa. No era su apartamento. Todo le recordaría a él y el Oráculo tenía esa dirección. Con sus padres no podía volver. Si no la habían querido cuando era una inocente recién nacida o una sobresaliente adolescente, mucho menos la aceptarían ahora que estaba sola, que era peligrosa. Que era una *sola*.

¿Por qué algo que había deseado por años dolía tanto?

Pensó en esconderse en casa de Luna o incluso en La Cazuela. Estaban cerca y podría pasar la noche ahí. Pero no eran casa, y él había dicho «a casa». Tomando la palabra de Logan de mucha mejor gana que cuando estaban unidos por las muñecas, June entró en el auto. Lo encendió y se quedó esperando. Luego de unos segundos se percató de que estaba esperando en vano a que su copiloto le indicara la dirección al panel de control del vehículo. Ya no tenía copiloto, estaba por su cuenta. June introdujo la dirección. En auto, el recorrido era mucho más lento que en tren, pero era más discreto para su condición.

June acomodó la maleta sobre el asiento del copiloto y la cubrió con la chaqueta que Logan había dejado en el auto, para aparentar que su enlace dormía junto a ella y no levantar sospechas si alguien la veía.

Arrancó su primer viaje en solitario.

Las horas pasaron detrás del volante mientras avanzaba en la carretera sin fin. Solo un puñado de vehículos usaban esas vías a esa hora de la noche.

La realidad de lo ocurrido la golpeó por primera vez: Valeria los había usado. Se había aprovechado de la sinceridad con que June escribía para manipularla. La enzima no era tan efectiva como ella pensaba. June recordó su enlace aún sangrando. Tendría que vendarlo, protegerlo mejor que nunca, y con eso ganar tiempo. Por eso había visto el enlace de Valeria más largo el día que la vio escapar del Oráculo, porque era un contador, un indicador visual del tiempo que le restaba. «¿Cuánto enlace se habrá quedado Logan?», pensó. «—¿Acaso importa? —contestó la voz de Logan dentro de su cabeza—. Creí en ti y ahora estoy muerto».

Sacudió la cabeza para borrar esa idea, y decenas de lágrimas inundaron sus mejillas sin control. Él nunca más iba a necesitar de ella, de sus hormonas. Se había ido. June pensó en él, en su cuerpo tirado en el suelo. Esperaba que Jade tuviera misericordia y le diera una sepultura decente. Por primera vez entendió a Valeria: ella también quería regresar por el cuerpo de Logan. Al menos tenía la certeza de que su cadáver sería poco provechoso: en sus venas no corrían rastros de la enzima, él era solo Logan, el que siempre había sido.

June se vio obligada a detener el auto. Las lágrimas no le permitían ver y tenía adolorido el brazo de donde sobresalía el remanente del enlace. Enfocó el rostro en el retrovisor: un horrible espectro con los ojos hinchados y los labios temblando le regresó la mirada. Inclinó el espejo para confirmar las marcas en su pecho. Su color amarillo y el morado de Logan aún la cruzaban. El morado se perdía en su corazón. Su cuerpo no se había dado cuenta de la pérdida de Logan.

June continuó su trayecto. No podía detenerse, necesitaba llegar antes del amanecer y esconderse. ¿Y luego qué? Era libre, pero no quería escapar ni buscar a sus padres ni promover los derechos de los individuos. No le interesaba bañarse durante largas horas ni rodar en la cama vacía. No le quedaba nada, no tenía pasión. Solo tenía desesperanza. No había engaño. Toda su vida había culpado a su enlace de su miseria, pero no había treta: el Oráculo tampoco sabía cómo vivir sin los enlaces.

—Pero… ¿Qué demonios hiciste? —preguntó Sofía, protegiéndose detrás de su esposo. Sebastián había abierto la puerta y ambos la miraban sin parpadear—. ¿Dónde está?

June se acarició el brazo herido y se preguntó si la dejarían entrar.

—¡¿Dónde está Logan?! —gritó Sofía tan fuerte como pudo. Sebastián la contuvo para que no se lanzara sobre June. El llanto de Julia desde adentro alertó a Sofía a ir por ella. Sebastián se apartó de la puerta con miedo a que June lo tocara.

Mónica entró de la mano de su esposo, mandando a callar a todos. Cuando vio a June mojada y sola en la entrada se quedó de piedra.

—¡Ay, June! —exclamó, llevándose las manos al rostro. Mario la consoló con un brazo y apresuró a June para que pasara.

—¿Está bien? —preguntó Mario.

June no pudo decirlo. No podía decirles a la cara que Logan estaba muerto, menos aún que era su culpa. Si tan solo le hubiera insistido un poco más para que tomara la enzima, si lo hubiera engañado para hacerlo o si hubiera entrado por completo en la sala interior…

June caminó un par de pasos al interior de la casa, dejando lodo por donde pisaba, y cerró la puerta. Mario le indicó, sin tocarla, que se dirigiera a la sala de estar, la misma donde habían jugado juegos de mesa hasta el amanecer cada Navidad, la misma donde Logan le había dado su primer beso más de una década atrás. Un lugar cálido, que ahora parecía helarle la sangre.

—Sebastián, agua, por favor —ordenó Mario.

Sebastián se movió a la cocina por el agua. Sofía lo siguió mientras consolaba a Julia, sin apartar los ojos de June.

—Entramos en el Oráculo —contó de forma monótona. No tenía cabeza para expresar más sentimiento que consternación—. Descubrimos a una *sola* y nos convenció de hacerlo. Dijo que Alberto Alina logró sintetizar una enzima que le permitía fabricar a cada individuo las hormonas de su enlace de forma autónoma. Así, un individuo previamente enlazado podría separarse y continuar viviendo.

Mónica respiró aliviada y sonrió, tranquilizándose. June negó con la cabeza y el terror se extendió por su rostro de nuevo.

—No quiso tomar la enzima... —June guardó silencio. Repasó su conversación de aquella noche. Pensó en qué palabras debía haber cambiado para convencerlo. Tal vez si hubiera sido más dulce, más cálida, más persuasiva, o tal vez si antes le hubiera hecho el amor... Estaba tan aturdida que ni se percató de que lo había llamado así, hacer el amor. No creía haber hecho eso nunca.

Sebastián interrumpió sus pensamientos al entregarle el vaso de agua y June reparó en todo el tiempo que había estado en silencio.

—Es tu culpa... —la acusó Sofía, con su recién nacida pegada al pecho. Le resultaba espeluznante cómo una mujer que estaba amamantando podía lucir tan amenazadora.

«Creí en ti». La voz de Logan resonó en la cabeza de June. Aunque él no hubiera pronunciado las palabras, conocía su tono de voz a la perfección.

Mario tiró del brazo de Sofía para indicarle que se sentara. Sofía se soltó, ignorando a su padre, y continuó hablándole con furia a June:

—¡Si no fueras tan terca con tus tonterías conspirativas, nada de esto estaría pasando! ¡Desde mi punto de vista, eres su asesina!

June miró al piso sin defenderse. Nunca en la vida había estado tan de acuerdo con Sofía.

—Sofi, es suficiente —dijo Mario, alzando la voz.

—¿A qué viniste? Sin Logan no tienes cabida en esta casa —continuó Sofía, ignorando la voluntad de su padre. Temblaba de rabia. Las palabras salían de sus labios sin procesarlas del todo, explotando desde lo más profundo de su corazón. Palabras llenas de dolor por perder a su hermano—. Sin Logan no tienes nada que hacer aquí.

—¡Cállate de una vez! —gritó Mario. Sofía lo miró sorprendida por la reacción de su dócil padre.

—Pero, papá... Logan...

—Todos perdimos a Logan, cariño. June lo perdió más que nadie —explicó Mónica, con lágrimas en las mejillas y voz suave. Acercó a June con el brazo que no tenía enlazado a su marido y la consoló con un cálido abrazo. Ella se sorprendió por el tacto. Desde que había perdido su enlace, todos la trataban como si fuera tóxica. Era la primera vez que sentía algo de calor desde que había salido del Oráculo. June se quebró y lloró frente a su familia, como nunca lo había hecho. Lloró por haber perdido a Logan, por la verdad sobre la enzima, por su latente muerte, por la condena de Julia. Por todo lo que le caía encima y por no ser capaz de solucionarlo. No había nada que ella pudiera hacer.

El silencio se extendió por la sala mientras cada uno procesaba el duelo a su manera. Mario abrazó a su esposa, que, a su vez, consolaba a June, que lloraba sin control. Sebastián miraba un punto determinado del piso, sin moverse, y Sofía arrullaba a su recién nacida, aunque Julia estaba en completa paz.

—Logan lo hizo por Julia —dijo Sebatián sin pizca de duda.

Su mujer lo vio atónita.

—¿Sabías de esta locura? —desplazó su enojo hacia su marido.

—¿Qué más podría empujar a Logan a algo así luego de ignorar la rebelión de June por tanto tiempo? —preguntó Mario, que había llegado a la misma conclusión que Sebastián.

Sofía miró a June, esperando una confirmación. June asintió apenas.

—¿Por qué no dijiste nada? ¿Por qué no te defendiste?

«Creí en ti». June lo escuchó de nuevo. Acusándola. Recordándole que su influencia los llevó hasta el Oráculo.

—No importan las circunstancias —contestó entre sollozos—. Logan cortó nuestro enlace para salvarme.

—¿Él lo hizo? —preguntó Mónica, sin soltar a June.

—Lo hizo porque creyó en mí —June dio un largo suspiro y añadió—: Y murió arrepintiéndose.

—Salvarte suena como algo que haría mi hijo. Arrepentirse de creer en ti, no —dijo Mónica, soltándola. Con el pulgar apartó las lágrimas de las mejillas de June. Ella no quiso destruir la imagen que Mónica tenía de su hijo narrando sus últimos segundos de vida. Prefirió honrar a Logan, darle un final heroico y dejarse el sinsabor de su última interacción para ella.

—¿Entonces lo lograron? —preguntó Sebastián con timidez—. ¿Se puede vivir sin enlace?

June negó con la cabeza y sintió cómo destruía una vez más la esperanza en la sala.

—No funciona —explicó—. Logra replicar las hormonas en el enlace, pero luego de que el individuo las gasta, de todas formas muere.

—June, ¿tú…? —empezó a preguntar Sofía.

—Tengo el tiempo contado. Una vez que se acabe el remanente de las hormonas de Logan en el enlace, yo también lo acompañaré —respiró profundo y añadió con amargura—: Como debe ser.

—Pero están cerca —la animó Sebastián—. Antes creíamos que, al morir uno de los elementos de un enlace, el otro moriría inevitablemente. Eres la prueba de que eso no es así. Tiene que haber una forma de vivir sin enlace, de transformar esta enzima en lo que necesitamos.

June negó con la cabeza, derrotada. Valeria tenía razón: ella había sido una ilusa al creer que podía cambiar todo el sistema. Una anormal al no estar satisfecha con su enlace. Una malagradecida con Logan. No había opción. June la había buscado la mitad de su vida y no pensaba invertir los días (o a lo mucho, semanas) que le quedaban en una lucha sin sentido.

—No hay forma...

—June, ellos se la llevarán y no la veremos nunca más... —le suplicó Sofía. June la vio derramando lágrimas por su hija, y eso sin contar que desconocía el final que habían tenido las últimas niñas enlazadas con Oasis. Sintió lástima por ella, por la rojiza pelotita que acurrucaba en los brazos. Si no podía salvarse ella misma, mucho menos podía hacer algo por Julia.

—No hay nada que pueda hacer por ustedes.

Luego del silencio que siguió a esa declaración, Mónica dio por finalizada la conversación y los envió a todos a la cama. June se puso de pie, y por la fuerza de la costumbre, esperó antes de desplazarse. Su enlace roto le golpeó un costado, recordándole que estaba sola. Avanzó en silencio al cuarto que solía compartir con Logan. Se acurrucó en el lado de la cama que él solía usar y se quedó dormida con sorprendente facilidad. En aquel lugar todo le recordaba a Logan, en el buen sentido. Era como si su esencia siguiera ahí.

June no se despertó al notar la luz del sol, no tenía fuerzas. Miró cómo sangraba su enlace y se preguntó cuánto tiempo le quedaba. Desechó la pregunta y volvió a dormir. ¿Qué más daba el tiempo para alguien que ya no tenía misión en la vida? Vivir cincuenta años o cinco días no hacía diferencia cuando ya no se tenía motivación ni esperanza. Había perdido la batalla contra el Oráculo.

La tarde de su segundo día en la casa, Mónica entró a vender su enlace. Su esposo usaba el *casco* para darles intimidad.

—Me marcho. Sofía tiene razón: sin Logan no tengo por qué estar aquí —dijo June sin levantarse de la cama—. Ni yo misma sé por qué vine.

—Estaba hablando su dolor, cariño —respondió Mónica, revisando con mucho cuidado el enlace y buscando la forma más eficiente de protegerlo—. Ella no lo cree en serio. Esta siempre será tu casa. Cuidaré de ti el tiempo que necesites.

—¿No va a recordarme con sutileza que tengo otra familia y pedirme que llame a mi madre? —preguntó June con amargura.

—¿Para eso crees que te pido que llames a tu madre? —preguntó Mónica, indignada, y apretó con más fuerza de la necesaria la curación sobre el enlace.

June afirmó con la cabeza.

Mónica soltó un largo suspiro y negó con la cabeza.

—Cuando quedé embarazada de Logan, conocí el amor incondicional. Luego de tantos años luchando, seríamos padres. Entonces llegó la triste realidad: que podríamos perder a Logan. Cuando lo tuve en mis brazos, conocí el terror. No quería perderlo.

—Entonces me compraste —la interrumpió June con amargura.

El amor que Mónica sentía por Logan la había alejado de su familia biológica. Ella no se molestó en negarlo.

—Llegamos a un acuerdo con tu familia, cariño. La opción donde ustedes tendrían más posibilidades. Ser madre me hizo empática. Ver a tu madre entregarte fue muy duro. Yo, al menos, habría querido seguir relacionándome con Logan si lo hubiera perdido.

Mónica soltó un suspiro ahogado al darse cuenta de que se había ido, que nunca más volvería a verlo. Se contuvo lo mejor que pudo para no llorar. No quería lastimar a June. Se centró en terminar de vendarla.

—¿Solo quería que mantuviera contacto con mi familia?

—¿Cuánto tiempo llevas creyendo que no eres bienvenida en esta casa, cariño? —preguntó Mónica—. June, tienes que empezar a hablar. Es una pena que cargaras con este dolor por quedarte callada, por asumir lo que los otros están pensando.

June asintió, desganada. Era demasiado tarde para aprender a abrirse, ya no importaba. Sufrir un par de días más no haría la diferencia.

El sol salió y se ocultó un par de veces antes de que June se sintiera con ánimo de ducharse. Apenas probaba la comida que Mónica le llevaba. Pasaba el día escuchando el llanto de Julia, repasando en su cabeza los momentos más oscuros de su existencia.

—¿Podemos pasar? —preguntó Sofía desde el umbral de la puerta.

June se encogió de hombros, postrada en la cama. No quería escucharla gritar más, pero supuso que Sofía lo necesitaba y ella lo merecía. Entró con Julia en brazos, seguida de Sebastián.

—Nos preguntamos si tenías alguna idea nueva —dijo Sebastián, deteniéndose junto a la cama—. Este fin de semana tendremos que entregar a Julia.

—Eres nuestra última esperanza —suplicó Sofía.

June negó con la cabeza.

—Me gustaría que la cargaras.

Sofía le extendió los brazos para entregarle a la niña. June se inclinó hacia delante. Cuando las brillantes esmeraldas de Logan la vieron desde los ojos de Julia, extendió las manos para recibirla. Julia se movió en protesta por dejar el lecho materno, pero se contentó al saber que la recibieron otros brazos.

—No solo se parecen en eso —dijo Sofía, al ver que June se había dado cuenta de la similitud entre Julia y Logan. Tocó con un dedo uno de los costados de la diminuta niña para hacerle cosquillas. Julia abrió la boca desdentada y contorsionó su rostro en una sonrisa. Una sonrisa que lució un prominente hoyuelo.

—Sofi —June se aclaró la garganta—, no puedo hacer nada por ustedes.

—Por favor. Lo que sea…

—Pueden huir —recomendó June—. No son tan poderosos como creen. Yo sigo viva, por ejemplo.

Sebastián negó con la cabeza.

—Ellos necesitan que no se sepa de tu existencia. Pero si nosotros huimos, tienen a la ley de su lado. Nos cazarán y la perderemos de todas formas. June, estamos desesperados. Abiertos a cualquier opción.

June apretó a Julia contra su pecho. El calor de la bebé se coló por su piel, encendiendo fuego dentro de ella. El olor de Julia era embriagador. Su piel suave y su mirada llena de inocencia eran perfectas. No podía rendirse.

—Ellos no pueden permitir que se sepa de Julia tampoco —dijo para ella misma, disfrutando de la primera idea que había tenido en días. La primera luz desde que se había enterado de la mentira sobre la enzima y del día que perdió a Logan—. No nos ganará demasiado tiempo, pero al menos podremos conservarla unas semanas más. Tenemos que pedir su presentación.

Sofía y Sebastián se miraron extrañados. La presentación era un ritual con valor legal poco común en la actualidad. Cuando dos familias estaban orgullosas del enlazamiento de sus hijos, los padres que perderían a su bebé organizaban una fiesta en la que anunciaban públicamente que estaban satisfechos de entregar a su hijo a su nueva familia. En la actualidad, las parejas vivían ese momento en la intimidad de sus hogares como un duelo.

—¿Por qué querríamos festejar perder a Julia?

—Porque eso le regalará dos semanas más de vida —June suspiró, apartó la mirada de Julia y miró a Sofía—. Javier Jade hará todo lo posible por convencerlos de no realizar la presentación. Para ellos, la existencia de Julia también debe tratarse con discreción.

June guardó silencio unos segundos, esperando que los padres de la pequeña preguntaran. Ninguno se atrevió a interrumpirla.

—Han intentado emparentar a Oasis otras tres veces en secreto. Todas las veces las niñas han fallecido después del enlace. Creo que sus padres alteraron de alguna forma los genes de esa criatura. No es posible enlazarlo.

Sofía negó con la cabeza repetidas veces, sin gesticular palabra, y su esposo la abrazó por la espalda, igual de estupefacto.

—Ellos intentarán impedir nuestro derecho a la presentación. Así, si Julia muere, pueden dejar su historia en el anonimato. Si somos fuertes y logramos soportar sus chantajes, ganaremos dos semanas más con Julia —June se acomodó a la bebé sobre el pecho y se inclinó para calzarse los zapatos por primera vez en días—. Es el tiempo que tenemos por ley para organizar el evento.

—¿Y luego?

—Aún no lo sé —contestó con honestidad e hizo ademanes de ponerse en pie. Sofía se inclinó para ayudarla, pero no fue necesario. Se levantó con confianza, sosteniendo a la recién nacida con desenvoltura—. Voy a encontrar una manera.

—Vaya, se te da natural —mencionó Sofía, sorprendida—. Es una lástima que ustedes nunca solucionaron sus diferencias y tuvieran uno.

June se detuvo en seco y preguntó:

—¿En qué fecha estamos?

—Quince —contestó Sebastián, confirmándolo en su brazalete.

June contuvo el aliento cuando se percató de que tenía más de una semana de retraso.

CAPÍTULO 17: ESPERANZA

June terminó su tercera taza de café mientras deambulaba por la habitación. Pegada a su cuerpo, Julia, dentro del cargador, dormía en paz. June no se había separado de ella ni un momento, y no había pegado un ojo desde que había tenido una idea. La primera luego de un período demasiado oscuro.

Tenía que encontrar la forma de salvar a Julia y de salvarse a ella misma. Necesitaba hacerlo. La pasión creció en su interior, consumiendo la oscuridad y alimentando sus neuronas.

Lo primero que debía hacer era revisar sus puntos a favor: tenía la libreta de Alberto Alina, el historial médico de Oasis y a Julia. Eran las tres cartas con las que podía jugar. Su primera carta ya estaba lanzada: Sofía había solicitado hacer la presentación de Julia (o mejor dicho, Orión) como enlace de Oasis. Como June lo había previsto, Javier Jade les ofreció una cantidad exorbitante de dinero para que desistieran en la preparación del evento, pero más decidida que nunca en su vida, Sofía rechazó la propuesta, y continuó con los preparativos. Parte de esa carta consistía en notificar a las televisoras sobre el evento. El enlazamiento de una acaudalada familia siempre era un titular fácil para los tabloides sensacionalistas. De esta forma, si fracasaban en su lucha y Julia moría, al menos todo el mundo se daría cuenta de que algo andaba mal con Oasis.

La segunda carta mantuvo a June ocupada por dos días, en los cuales esperó impaciente la llegada de su periodo. ¡No era posible! ¡Muchas parejas intentaban concebir por años y ella, después de una increíble noche con Logan, estaba en esa encrucijada! No se quejaba, era un sueño que había cultivado durante toda la vida, pero el momento no podría ser peor. Logan estaba muerto y ella... Ella lo estaría si no encontraba una forma de prolongar su vida. Todo eso solo añadía una capa de dificultad a su ya precaria situación.

Aquella noche, Sebastián y Sofía la acompañaban, trabajando en los preparativos para la presentación. Julia dormía sujeta al pecho de su madre, y Mario, junto a Mónica, rellenaban las jarras de café de tiempo en tiempo. June repasaba la información que Luna le había suministrado sobre Oasis.

Las tres niñas eran genéticamente perfectas para ser enlazadas con la huella hormonal del niño, lo mismo que Julia. Pero todas, hasta ahora, habían desarrollado lo que parecía una depresión en la creación hormonal al juntarse con Oasis. June tenía una hipótesis distinta: las niñas creaban sus hormonas de forma regular, pero la ingesta del niño era descomunal, como si él las consumiera. Tenía un apetito voraz, que era saciado de forma sintética por sus padres.

Sofía dio una arcada y se llevó las manos a la boca.

—Lo siento —dijo—. Aún estoy muy sensible a los olores y eso no huele nada bien.

June miró su enlace. En las últimas semanas había perdido casi cuarenta centímetros de él y consumido casi la mitad de su tiempo restante.

—Se está agotando deprisa. La enzima de Alberto Alina estimula al individuo a tomar las hormonas faltantes, duplicando las residuales en el enlace. Por eso depende de forma directa de la existencia del enlace —explicó June, con el rostro iluminado—. ¿Qué tal si encontramos una enzima para estimular al individuo a crear las hormonas faltantes desde él mismo, como lo haría un *único*? Obligarnos a volver al tiempo donde podíamos vivir sin enlace.

—Eso fue hace cien años, June —dijo Sebastián, rascándose la cabeza—. Toda esa gente está muerta.

—Julia. Ella es una *única* —dijo Sofía media dormida—. Sobrevive gracias a mí. Con mis hormonas en la leche suplo su faltante.

—Eso creía yo —contestó June— hasta que vi a Jade llorando por la suerte de su hijo. Si las hormonas de la madre pudieran suplir las necesidades del niño, eso significaría que podríamos emparejar madres con sus hijos, y eso no es posible. Tiene que haber algo más en la leche materna que obliga al bebé a valerse por sí mismo. ¿Cuándo se enlazan a la mayoría de los niños?

—A los seis meses, cuando las hormonas en la leche materna ya no son suficientes —contestó Sofía, mucho más despierta.

—¿Hay algún cambio metabólico a esa edad en un bebé? —preguntó June.

—Empiezan a comer sólidos y disminuyen el consumo de leche —respondió Sofía.

June sonrió. Era solo una hipótesis, pero era una luz para avanzar.

—Entonces la dosis necesaria de lo que sea que tenga la leche baja y obliga al niño a buscar una fuente alterna para suplir el déficit. Por eso los enlazamos a esa edad. Si puedo aislar ese componente de la leche materna, replicarla y adecuar la dosis al crecimiento, podría obligar a mi cuerpo a suplir su propia limitación hormonal, sin necesidad del enlace. Podríamos salvar a Julia.

—¡Podríamos mantenerte con vida! —dijo Mónica con genuina felicidad. June esquivó su mirada, apenada. ¿Cómo podía Mónica tratarla con cariño luego de lo que ella le había hecho hacer a Logan? Su hijo estaba muerto por su culpa.

—No podemos arriesgar la vida de Julia haciendo pruebas en ella, es demasiado pequeña —dijo Sofía, asustada—. En ese caso, preferiría que viviera con ellos a salvo, aunque no esté con nosotros. Es mejor eso a poner en peligro su vida.

June recordó la última conversación con su madre biológica. «Hija, no estábamos en posición de cuidarte y ellos eran muy amables.

Preferimos que estuvieras segura con ellos que con nosotros. No nos rendimos, nos sacrificamos». June le colgó el teléfono sin escuchar ni una palabra más, pensando que su madre no la amaba, que nadie nunca la había amado, que la única razón por la que Logan seguía a su lado era por necesidad. Pero él se había ido. Se había sacrificado por ella. Había preferido que estuviera segura aunque estuviera sin él.

—Esto no es un enlazamiento normal, Sofi. Ese niño está maldito. Ella no tendrá una vida feliz con ellos. No podemos rendirnos. Probaremos en nosotros —propuso Mario. Miró a su esposa, esperando una confirmación. Ella sonrió, le apretó la mano del enlace, y añadió:

—Esos malditos del Oráculo son los responsables de la muerte de Logan y ahora quieren llevarse a Julia. No lo vamos a permitir.

June no quiso corregirla. El fuego de la venganza era un buen motivador. Logan había decidido no tomar la enzima y, aún así, regalarle la libertad a June. Javier no había tenido nada que ver con su muerte. De hecho, su objetivo era June. Ese era un detalle que podía quedar en secreto por ahora, al menos mientras destruían al Oráculo.

—Tengo un par de dosis de la enzima que consumí en el auto —comentó June—. No arreglará el problema, pero al menos no morirán al separarlos. Para crear más necesito el diario de Alberto Alina. Está en mi apartamento. Lo escondí ahí por si nos atrapaban. Necesitamos ir por él. Está en la caja fuerte de mi recámara, bajo control retinal, así que debo ir yo.

—Ese lugar debe estar bajo vigilancia —dijo Sebastián, nervioso—. Es imposible que vayas ahí. Sola eres demasiado impactante como para pasar inadvertida.

—No si no parece ella —opinó Sofía—. Si Sebastián y yo cortamos nuestro enlace y los unimos visualmente a ustedes dos, pueden hacerse pasar por una pareja.

Sebastián miró a su esposa como si la hubiera encontrado en la cama con su padre. Llevó la vista de su enlace a la niña que reposaba en el pecho de su mujer, y luego de regreso al rostro de Sofía. Ella lo miraba como quien acepta su destino con tristeza. June entendía la conversación que estaban teniendo: para ellos, que tenían una creencia tan marcada, cortar su enlace era una traición. Una que valía la pena por Julia.

Sebastián afirmó y miró a June con lágrimas en los ojos pero decidido.

June empezó a trabajar en una nueva versión de la enzima. Sebastián le dio acceso a todos los insumos de su laboratorio, y ella tachaba y redefinía estructuras, analizando la leche materna de Sofía, buscando patrones en los análisis de Oasis. Después de todo, él era el *único* de mayor edad en la historia reciente.

Cada segundo tenía un valor incalculable. Su enlace se pudriría día con día, su periodo se retrasaba un poco más y las dos semanas de plazo correspondientes se consumían, apremiantes.

La noche antes de la fecha pactada para regresar a su apartamento por la bitácora, June recibió una visita indeseada. Se metió en la ducha con los muslos manchados de sangre, intentando olvidar su realidad. Sabía que debía estar aliviada, era una buena noticia. No estaba en posición para ser madre en ese momento. Ni siquiera tenía su propia vida asegurada. Se repitió cientos de veces que era lo mejor, sin mucho éxito. Se limpió las lágrimas tantas veces que se irritó las mejillas. Vio cómo el agua manchada se llevaba su última esperanza, la última esperanza de conservar algo de Logan. Intentó calmarse, convencerse de que era una locura. Había estado años buscando ser libre y ahora se aferraba al recuerdo de Logan con tanta fuerza que dolía.

Si tan solo no hubiera cambiado, si tan solo hubieran vivido los últimos meses de la misma forma que la última década, habría sido más fácil ignorar el dolor. Habría sido como perder a un conocido. La nueva actitud de Logan había abierto una puerta que ella pensaba cerrada para siempre desde hacía mucho. Abría la posibilidad a una vida llena de sonrisas completas, de abrazos sinceros, de besos suaves, de Logan narrándole sus historias.

La puerta estaba cerrada. Nunca sabría cómo terminaba el cómic de Logan.

Su historia había terminado de manera abrupta, con una sonrisa triste, mientras tiraba del enlace que había jurado proteger.

June se descubrió amando a Logan. Aferrada a un amor que no murió cuando se cortó su enlace sino que se hizo más poderoso, tanto que era imposible de negar por más tiempo.

Estaba enamorada de Logan, de su recuerdo.

June lloró desnuda sobre la cama. Tenía el corazón destrozado. Se había dado cuenta demasiado tarde y él no lo había escuchado. Había muerto sin saber cuánto lo amaba. Esperaba que Logan, con su insufrible fe, al menos lo creyera, que siguiera creyendo en su tontería de las almas gemelas al morir y supiera que ella lo amaba. Aferrarse a esa idea hacía menos dolorosa su partida.

Sofía y Sebastián tomaron de un trago la enzima en cuanto June se las entregó. Temían hacer alguna pregunta y arrepentirse. Esa parte fue sencilla. La parte más dura fue cortar su enlace. Se abrazaron con fuerza, como si no se fueran a ver nunca más, se despidieron de Julia y se prepararon para el corte. Sebastián insistió en dejar la mayor cantidad para Sofía, como una medida preventiva. Ella soltó un grito agudo cuando ocurrió. June no la culpaba, recordaba el dolor al cortar el suyo.

Para alivio de todos, ambas partes continuaron con vida. Sofía usó su destreza con el maquillaje para unir el trozo restante del enlace de June con el de su marido y maquilló a June de manera tan distinta que ni siquiera Logan la habría reconocido.

—¿Ocurre algo? —le preguntó Mónica la segunda vez que Sofía tuvo que retocarle el maquillaje.

June se mordió el interior de la mejilla. No quería hablar del tema, ya no tenía importancia. Podía cargar con el dolor las semanas que le quedaban de vida sin problema. Pero el recuerdo de sus últimas conversaciones con Logan le impidió quedarse callada. Si tan solo hubiera abierto su corazón y conversado con él antes, tendría muchos más recuerdos suyos.

—Recién bajó mi periodo —contestó ella sin entrar en detalles. Pero no era suficiente, necesitaba decir más. Tomó aire y continuó—: Pensé que tal vez estaba embarazada y conservaría algo de él...

—¿Embarazada de Logan? —gritó Sofía. Su sorpresa fue tal que mantuvo la boca abierta luego de hablar.

—¿Pues de quién más, Sofi? —la reprendió su madre, apresurándose a consolar a June.

Sofía y June se miraron en complicidad. Era evidente que ella estaba al tanto de los invitados de June. Pactaron con la mirada nunca referirse al tema.

—No sufras por lo que no fue, mi niña —le dijo Mónica con dulzura, y le besó la frente—. Déjame traerte algo de té.

—Logan no me dijo nada —comentó Sofía en cuanto su madre se perdió de vista.

—Los caballeros no tienen memoria —bromeó June, con algo de mejor humor. Ellas no podían hacer nada por su problema, pero decirlo le había aliviado el peso que le lastimaba el alma—. Pasamos una noche juntos, hace un par de semanas. Sé que es una estupidez, pero lo extraño tanto que guardaba la irrealista ilusión de tener un hijo suyo.

Sofía le apretó la mano en señal de apoyo.

—Siento mucho lo que dije, June —dijo Sofía, avergonzada—. Aquí siempre serás bienvenida y Logan lo sabía.

Horas más tarde, Sebastián y Sofía se despedían en la puerta de su hogar y tomaban direcciones distintas por primera vez en la vida. Ella continuaría con las preparaciones de la presentación de Julia. Solo les quedaba una semana para dar una fiesta digna de la presencia de las televisoras. Sebastián se marchaba, pretendiendo ser el enlace de June.

June y Sebastián caminaron de la mano para no levantar sospechas. A ella su mano le pareció demasiado pequeña, rechoncha y sudorosa. Los dedos de Logan eran delgados y delicados. Dedos de un dibujante. Tiesos, a la merced del Oráculo. June cortó ese hilo de pensamientos y se concentró en mantenerse alerta. En el Oráculo sabían dónde vivía. Podrían estarse dirigiendo a una trampa.

Sebastián caminaba a un paso demasiado enérgico. Tenía una personalidad alegre aún en una situación como aquella. June extrañó el modo de andar de Logan, pausado y melancólico. Le daba tiempo suficiente de llevarle el ritmo aunque ella tuviera las piernas más cortas.

Encontraron el apartamento tal como lo habían dejado dos semanas atrás: la cerradura estaba intacta, los muebles en su lugar, las pantuflas de Logan a mitad de la sala. June no lo entendía, había sido demasiado sencillo: no encontraron curiosos vigilando el edificio ni vecinos indiscretos a la espera de su regreso. Algo malo estaba pasando, algo muy malo.

June chocó un par de veces con Sebastián mientras caminaban, no estaban acostumbrados a la presencia del otro. Ella buscó la caja fuerte debajo de la tabla suelta en su cómoda, donde tenía la bitácora, mientras Sebastián, a sus espaldas, curioseaba.

—Creo que nunca he visto una cama como esta. Es enorme. Ni siquiera se puede tocar de un extremo a otro —Sebastián se inclinó para probar su hipótesis, provocando que se desprendiera la pega provisional que Sofía les había maquillado en el enlace. El trozo de Sebastián golpeó la mesita de noche, tirando un frasco que tenía encima. Cayó al piso, partiéndose en varios trozos. June se guardó la bitácora en el interior de la chaqueta y se giró para ver el desastre que Sebastián acababa de provocar.

—Lo siento —dijo él, colorado, recogiendo con cuidado los trozos de vidrio del piso.

June se dejó caer junto a él y, sin ningún reparo sobre su seguridad, palpó la superficie donde el frasco había caído, ignorando las advertencias de Sebastián.

—¡Está seco! —exclamó ella, tomando las partes del frasco que Sebastián sostenía en las manos—. ¿Estaba vacío?

Él asintió, sin comprender.

El rostro de June floreció como Sebastián nunca lo había visto: una sonrisa enorme la iluminó de tal forma que él se sonrojó. Se veía guapísima.

—¡Está vacío! —gritó esta vez June, y se puso de pie de un brinco.

La había tomado. Logan tomó la enzima aquella noche.

El rostro de ella se ensombreció tan rápido como había explotado unos segundos antes.

—Por eso no me buscan, —dijo para sí. Sintió que le subía ácido por la garganta— porque ya tienen a Logan...

CAPÍTULO 18: LOGAN

El desgarro del último trozo fue el más cruel. Logan se apoyó en toda su fuerza de voluntad para hacerlo. Tenía dudas, cientos de ellas. Se preguntó si lo que estaba haciendo era pecado, si de alguna forma era una herejía separarse de ella. Cuestionó su cordura. Tal vez pasar tiempo con June le había intoxicado el pensamiento. Tal vez volver a besarla le había nublado el buen juicio. Amar a June era su perdición, eso siempre lo había tenido claro.

Cayó de espaldas cuando la piel cedió, y sintió el dolor de la herida, la sangre corriendo por el enlace, los músculos llorando por el esfuerzo y la cabeza palpitando por la caída. Lo sintió todo. Estaba vivo. Ante toda creencia, vivía. Estaba vivo sin June.

Se apoyó en los codos para verla. Ella justo había llegado a la llave de acceso de Javier. El corazón le dio un brinco. ¡Eso era! Con la tarjeta de acceso podrían escapar. June solo tenía que abrir la puerta que antes los separaba y escaparían juntos.

Juntos... Ya no existía el «juntos».

Logan vio horrorizado cómo ella corría en dirección contraria, cómo le daba la espalda y escapaba. Sola. Libre. No se giró. Se fue sin voltear ni por un momento a verlo, a comprobar su estado. Por fin se había deshecho de la carga extra que él era. La carga que no le permitía bailar, que la obligaba a ir al gimnasio. Ella era libre, y estaba haciendo uso de su libertad.

«No, no es cierto», se negó a creer Logan, mirando en todas direcciones. «Está girando para regresar por mí. Le dije que le creí. Sabe que le creí». Logan giró la cabeza, buscando movimiento en la puerta a sus espaldas. A través del vidrio, la vio correr. Escapar. Ella había derramado lágrimas falsas por romper su enlace y había continuado con su vida. Como una *sola*.

La puerta de la habitación interior más cercana a Logan se abrió, y sus ojos se cruzaron con la mirada fría de Javier Jade. Tomó aire despacio, y su garganta emitió un silbido agudo, como si estuviera en parte obstruida.

—No mentía —dijo, apoyado en el cuerpo de Jade. Tenía el rostro pálido por el esfuerzo—. Tienen la enzima. La chica sabe cómo replicarla.

Lo intentó, Logan puso todo de su parte para entregarla. Después de todo lo que habían avanzado, ella había corrido sin él, sola, con su libertad. Él ahora también era libre, no tenía por qué amarla. Era libre. Dejó que el dolor se apoderara de él, que la rabia, la soledad y todos esos años de indiferencia lo llenaran. Se dejó convencer por la realidad: June no era su alma gemela, ella no era nadie. Era el resultado de un algoritmo que la había asignado a él, que lo había condenado a soportar sus desplantes por una década. Tenía que entregarla. Su seguridad no tenía por qué importarle.

—Valeria nos la dio —mintió Logan de forma muy convincente—. Nosotros le conseguimos todo lo que pidió, pero ella lo hizo sola.

—No es cierto —aseguró Javier. Solo un par de pasos los separaban—. Ella me lo dijo, pero no le creí. Jade, seguridad.

Los ojos de Logan se humedecieron llenos de impotencia cuando Javier dio a Jade la orden de llamar a los refuerzos. Tenía que hablar más. Distraerlo. June tenía las piernas cortas, aún no habría llegado a la salida. Se puso de pie lo más rápido que sus doloridas piernas se lo permitieron. Jade se encogió asustada, Javier levantó la barbilla. Logan buscó una salida. No había, no sin la llave de acceso y sin asegurarse de que June saliera, de que estuviera segura. Con la excusa de acariciarse la mano adolorida, activó el cronómetro de su brazalete.

—Eso... no será necesario —dijo Logan, buscando sonar más seguro de lo que nunca había sido. Javier levantó una mano para detener a Jade—. Creo que podemos llegar a un acuerdo —Sonrió sin mostrar sus hoyuelos. Era solo una excusa para hacer una pausa, para ganar tiempo—. Estoy seguro de que Oasis apreciaría mucho la enzima, si es que quieren que siga viviendo. Estoy seguro de que podemos llegar a un acuerdo que nos beneficie a los dos.

Las comisuras de la boca de Javier se ensancharon en una curva, la curva característica de quien sabe que ha ganado. Jade tembló, esperanzada.

—Miente —dijo Javier—. La chica tiene antecedentes de ideas liberales y conocimiento avanzado en deficiencias hormonales. Pero usted no es nadie.

—¿Acaso no es a mí a quien ha estado buscando?

—¿El dibujante? —preguntó Javier con soberbia, analizando su rostro.

—Solo Logan —contestó él. Señaló su enlace roto, y añadió—: Nunca mejor dicho. Podemos entendernos bien, Javier. No somos tan distintos.

—Como yo lo veo, su destino está en mis manos. No tiene mucho que ofrecer —se jactó Javier.

Logan se desplazó unos pasos antes de volver a hablar. Necesitaba mantenerse en movimiento para pensar.

—Hemos trabajado bajo sus narices sin que nos notara. Robamos el pulgar del cadáver de su padre y lo usamos para liberar a Valeria.

Javier arrugó los labios, furioso. No podía olvidar tal irrespeto a la memoria de su padre. ¡Mutilarlo mientras lo velaban!

—Alberto nos ha ayudado muchísimo. En su diario encontramos la clave que nos faltaba. Ya sabe, ese que robamos de su despacho, cuando usted mismo nos invitó a su casa.

—¿El diario de mi padre? —se extrañó Javier.

Logan afirmó. El cronómetro en su brazalete dio un par de pitidos.

Un minuto. Era el tiempo estimado que habían calculado que les tomaría llegar desde esa sala hasta la salida. Ella estaba afuera, segura. Se la imaginó subiendo al auto, regresando a casa. Se preguntó dónde sería casa para ella ahora que era libre.

—No tiene ni idea de lo que habla, solo quiere ganar tiempo para ella —dedujo Javier, con la mandíbula apretada. Sus pantalones oscuros ocultaban muy bien la magnitud de la herida que tenía detrás de la rodilla, pero la mancha de sangre acumulándose en el piso no era nada despreciable—. ¡Seguridad!

Logan no era ningún luchador, nunca lo había sido. June peleaba las batallas por los dos, pero ella ya no estaba. Tenía que aceptarlo, ella no volvería. Su supervivencia dependía de él. Aprovechó el elemento sorpresa: en vez de buscar alguna salida o algún arma, se lanzó directo hacia Javier, y los derribó a ambos con facilidad. Forcejeó para robarle la tarjeta de acceso a la mujer; ella se encogió asustada. Desde el suelo, a su lado, Javier clavó el bisturí en uno de los costados de Logan. Él aulló de dolor y se encogió, llevándose una mano a la herida. Con la otra le arrebató la tarjeta a Jade. Giró a duras penas para escapar por la puerta, pero no se molestó en seguir avanzando. A través del vidrio divisó a dos guardias acercándose a toda velocidad.

No tenía sentido seguir luchando. Estaba atrapado.

Sintió el impacto del arma eléctrica de uno de los oficiales. Una sacudida recorrió su sistema nervioso, alterando el funcionamiento de cada célula de su cuerpo, y los músculos dejaron de responderle. Dio contra el suelo, sin poder frenar el impacto con las manos, los ojos aún abiertos pero sin procesar la información recibida. Su cerebro estaba demasiado confundido como para entender nada.

Oscuridad.

Silencio.

Logan pensó que la muerte era mucho más sencilla de lo que había previsto.

Abrir los ojos fue menos sencillo. Todos los colores resultaban en exceso brillantes. Aunque la habitación estaba decorada de forma sencilla y elegante, cada uno de sus matices resultaba cegador para el cerebro adolorido de Logan. No era una habitación médica, no había cambiado de lugar con Víctor. Tampoco era una sala de tortura. Era una diminuta habitación genérica. Había una mesita de noche, una ventana que daba al balcón y dos puertas. Una de ellas debía llevar al baño y la otra, al pasillo.

Logan se pasó la lengua por los labios. Estaban fríos y quebradizos, y la lengua, seca e inservible. Giró la cabeza, buscando algún indicio del tiempo transcurrido. ¿Habían pasado horas? ¿Días?

Lo habían despojado de su brazalete y cauterizado el corte de su enlace.

Al mirar el trozo de carne, sin quererlo, su pensamiento viajó hasta el otro extremo, hasta ella. Se la imaginó feliz, ligera. Pensó en el artículo que debía haber escrito: «Me separé de mi enlace y no sentí nada».

La imaginó entre las sábanas con un nuevo invitado, uno que pudiera amarla como ella deseaba. Se había liberado de la carga que él representaba. No podía juzgarla, ella nunca le había mentido. Sabía que quería ser libre, y amaba lo entregada que estaba a sus ideales. No podía hacerse el sorprendido ahora. Solo podía superarla y liberarse él también de la carga. Sin embargo, una parte irracional de su mente, de su corazón tal vez, seguía pensando en June. En su seguridad, en su felicidad. Tenía tatuado en la piel su calor. Aún escuchaba su respiración alterada. Veía sus poros abrirse al recibir agradecidos sus caricias. Si se concentraba, también podía saborear la alegría en aquel último beso en el Oráculo. Todo aquello solo hacía más dolorosa la realidad: June, que le había asegurado que tomar la enzima era una medida preventiva para mantenerlo con vida, había aprovechado la oportunidad para alejarse de él en cuanto pudo.

No recibir el amor de June le había roto el corazón, pero esto... Esto había alcanzado un nuevo nivel. No era solo dolor, ardía. La traición, la mentira era mucho peor que el desamor. Más profunda, más cruel. Ver desperdiciados todos los años de su vida en una relación que no dejó ni un fruto, ni siquiera una última mirada, una despedida... Lo que Logan sentía era un delicado balance entre dolor y odio, una profunda oscuridad que consumía su pecho. Cada sonrisa, cada caricia, aquella noche... Todo aquello le pesaba. Una tortura lenta y dolorosa.

No llevaba la misma ropa que había usado en su intromisión en el Oráculo. Vestía un pijama gris a su medida. Intentó incorporarse, pero un ardor en un costado le recordó que Javier lo había apuñalado. Tenía un parche clínico, le habían salvado la vida. Su vida tenía valor para el Oráculo. Eso era aún más preocupante que la muerte.

Los lentes de contacto le escocían en los ojos. Necesitaba hidratarlos y escapar, ir a casa.

Pensó en Julia. ¡Tenían que salvarla!

June sabía cómo hacerlo con la enzima que había preparado para ella. ¿A June le valdría un comido la vida de Julia ahora que no estaba pegada a él? No, claro que no. Ni siquiera la vida de Logan valía la pena. Ellos no eran nada.

La recordó abrazada a su cuerpo, desnudos bajo la ducha, y se maldijo por haberle creído. Se maldijo por haberla amado, por seguir haciéndolo.

Una de las puertas se abrió. Jade, con un delicado vestido claro de tela ligera, entró dando unos pasos, dejando la puerta abierta tras de ella. Traía una bandeja con alimentos.

—Por fin despiertas —dijo con tono suave y compasivo. Esbozó una sonrisa delicada, se acomodó sin necesidad un mechón de cabello rubio y se inclinó en una reverencia—. Me tenías muy preocupada.

Era la viva imagen de la perfección: cada delicada curva de su llamativo cuerpo ceñida en la medida precisa, la boca de perlas perfectas, las mejillas encendidas en carmín, los pechos engalanados con delicado encaje a juego con los colores de su marca sanguínea y la de Javier, las piernas descubiertas y esos labios tan brillantes y carnosos.

—¿Dónde estoy? —preguntó Logan, sin dejarse persuadir por el tono de voz o la tentadora imagen del cuerpo de Jade que el vestido no hacía nada por ocultar.

—En mi casa. Esta es mi habitación de huéspedes. Eres mi invitado.

Logan frunció el entrecejo. Lo dudaba. Era demasiado pequeña para ser una habitación de huéspedes común.

—Ayer intentaste defenderme de Javier. Nadie nunca había hecho algo así por mí.

Jade caminó un paso más y colocó la bandeja junto a Logan. Vio fruta, agua, pan recién horneado y sopa caliente.

—¿Qué piensan hacer conmigo? —preguntó Logan, siguiendo el enlace de Jade a sus espaldas. Estaba tensado a su máxima capacidad. Se movía con suavidad para dejar a su marido al otro lado de la puerta, lejos de la vista de su prisionero. Por más que ella hablara con honestidad, seguía atada a Javier.

Jade se sentó a los pies de Logan, dejando caer a un costado la mano donde su enlace sobresalía. Separó las piernas con un movimiento controlado, y la ligera tela marcó cada centímetro de su piel, amoldándose a su trasero. No traía ropa interior. Logan se sonrojó y apartó la vista.

Jade liberó una risita complacida.

—¿Qué quieres que haga contigo, Logan?

—Quiero que me dejen ir.

La sonrisa de Jade se ensanchó y asintió.

—Claro. No tengo interés en tenerte contra tu voluntad.

La palma de Jade acarició la pierna de Logan, haciendo sugerentes círculos con el pulgar.

—Pero ahora eres algo… llamativo. Quiero protegerte.

—¿De qué?

Jade ladeó la cabeza y contestó en un susurro:

—Piénsalo por un momento: ¿cómo te hubieras sentido tú al ver a un solo? ¿Lo habrías aceptado? ¿Lo habrías permitido?

Logan bajó la mirada. Recordaba a la perfección cómo había tratado a Valeria. Cómo le había asegurado que debería haber muerto al romper su enlace. Cómo creía que su existencia era una blasfemia. Ahora él era eso.

—Y eso que tú eres de los buenos. ¿Qué pensarían los radicales, Logan? Te darían caza, te tratarían como un engendro. Un marginado. Pero yo no.

—¿Por qué no? ¿Por qué tengo que creer por un momento que me protegerás?

Jade hizo un poco de presión en el interior del muslo de Logan, y él sintió un tirón de electricidad.

—Para mí eres la esperanza, Logan. Eres un milagro. Nunca había visto a un solo —Logan frunció el entrecejo, incrédulo—. No a un varón sano. Podrías salvar a mi hijo. Ayúdame, por favor. Daría lo que fuera por Oasis.

La máscara de amabilidad y seducción de Jade se rompió. Su rostro se arrugó por la tristeza, las marcas en su frente se acentuaron y su edad se hizo visible. Más allá de su fachada erótica había una madre desesperada. Una madre que, con total honestidad, rogaba.

—Dime cómo hacerlo. Ayúdame a reparar la enzima y a salvar a mi hijo.

—¿Reparar la enzima?

Jade suspiró, negó con la cabeza y derramó lágrimas. La última esperanza que tenía se desvanecía. Había supuesto que Logan sabía cómo sobrevivir luego de la separación. Nadie en su sano juicio cortaría su enlace sin tener la certeza de la supervivencia. Jade no contaba con que el amor que Logan sentía por June lo enloqueciera.

—No lo sabes. No sabes cómo sobrevivir...

—¿Sobrevivir a qué?

—Logan, su separación está incompleta. Solo sigues con vida mientras queden hormonas de June en tu enlace. La enzima solo te ayuda a optimizar lo que queda.

Logan cerró los ojos con fuerza. Eso tenía mucho más sentido. Era como tenía que ser. Solo había extendido un poco su miseria, pero después de todo moriría. Se sintió reconfortado. Era lo correcto. Sintió pena por June, y entendió su reacción al verlo cortar el enlace: no lloraba por su separación, sino por la sentencia de muerte que estaba extendiendo sobre ellos. Ella lo sabía, sabía que con eso Logan sellaba el destino de ambos. Al menos le había comprado un par de días. Más que nunca, Logan esperaba que June los disfrutara. Por primera vez agradeció que no volviera por él.

Esperaba que usara su tiempo con sabiduría y que fuera feliz.

Sintió calor en el gélido hueco que era su pecho, imaginarla feliz lo animó.

—Antes de morir, ayúdame a salvar a Oasis. Te lo suplico. Haré lo que sea para que deje de sufrir —sollozó ella. Más y más lágrimas inundaban sus mejillas y le temblaba el labio. Soltó la pierna de Logan y le tomó una mano—. Te lo suplico.

—Jade, lo siento, no sé cómo hacerlo. Lo único que sé hacer es dibujar.

Ella lo soltó y sollozó con las manos en el rostro. Encorvó los hombros y juntó ambas rodillas, cubriendo su intimidad. Se marchitó la hermosa y sensual flor que había pretendido ser para llegar a Logan. Murió frente a sus ojos y solo quedó un tallo roto. Un sutil tirón en el enlace obligó a Jade a retomar la compostura.

—Ayúdame a llegar a ella —rogó, acariciándose, sin notarlo, el lugar donde el enlace la había jalado—. Si pudo replicar la enzima, podría ayudarnos. Necesito que nos ayude.

—¿Es lo que en verdad necesitas, Jade? ¿Es lo que tú necesitas? —preguntó Logan—. Oasis está sobreviviendo con las hormonas sintéticas. ¿Por qué seguir luchando por enlazarlo? ¿Por qué seguir sacrificando a esas niñas, sometiendo a Oasis intervención tras intervención? ¿Qué le dirás al niño si alguna vez se entera de esto, de cómo consume hasta morir a recién nacidas?

Jade tragó saliva y miró a Logan con los ojos abiertos como platos. Quería decir más. Quería hablar, soltarlo todo. Pero era prisionera de su enlace, como lo había sido June de Logan por tanto tiempo.

—Necesitamos que Oasis viva sin las hormonas. Eso es indispensable —contestó Jade.

Logan no se consideraba listo, pero tanto tiempo en silencio lo había preparado para ese momento: sabía escuchar. Era la primera vez en la conversación que usaba el plural para contestar. No era ella quien necesitaba con tanto fervor que Oasis viviera sin las hormonas, era Javier.

—Oasis tiene la salvación de su familia —confesó ella.

—Creo que es suficiente —la interrumpió Javier, entrando en la habitación, como si solo pensar en él invocara su presencia—. Si no sabe cómo hacerlo, dígame qué debo de hacer para que la entregue. ¿Cuál es su precio? Todos tienen uno. ¿Quiere a mi mujer? Puede tomarla —Jade se encogió, incómoda—. ¿Dinero? Tengo de sobra. ¿Protección? ¿Fama? ¿Qué quiere?

Logan pensó en Julia: pedir su libertad, que no la enlazaran a Oasis. Pero no quería llevar la atención a su familia. Entre menos supieran de ellos, estarían más seguros.

Un segundo pensamiento, uno mucho más oscuro lo envolvió: quería venganza. Destruir a June, hacerla pagar. Si no era de él, que no fuera de nadie. Se sorprendió de descubrir esa mutación de su amor tan drástica, tan ácida. No lo permitiría. No quería cargar hasta la muerte un pensamiento así de oscuro. Prefería los recuerdos del último mes: June bailando, ella buscando sus labios con tanta urgencia en su primera cita, ella entregándose a él por decisión propia, el interior de sus muslos apretando su cuerpo, ella besándolo de felicidad. La fuerza de cuánto la amaba extinguió su rabia hacia ella y la desplazó hacia Javier.

—Yo… espero de todo corazón que nunca logre obtener lo que sea que necesita de Oasis —Logan sintió el veneno en los labios al decir la frase, casi como una maldición.

La nariz de Javier se arrugó en una mueca. Sabía que no tenía sentido intentar que Logan cambiara de opinión.

Cambiaría de estrategia entonces.

Jade lo tomó del brazo por el que estaban unidos y le rogó con la mirada que se calmara. Javier la apartó de un manotazo y le escupió el pecho del vestido. Entre el tono tan claro de la tela, destacó brillante la saliva mezclada con sangre. Javier fulminó una vez más a Logan y salió del cuarto, seguido de cerca por su mujer, después de dedicarle una última triste sonrisa.

Le rugía el estómago de hambre, pero se negó a tocar lo que le trajeron. En cambio se sacó las lentillas y se acostó a dormir. Estaba exhausto. Pasó una noche de pena, pero al menos logró recuperar algo de fuerzas.

Debía seguir medio dormido, porque visualizó la silueta de June acostada junto a él. Tenía aquel largo cabello negro, pero no el mismo cuerpo. Al menos no el que presumía ahora como mujer. Más bien tenía el cuerpo juvenil que de adolescente veía con tanto descaro. Era June cuando descubrió que le atraía. Era la June que lo había amado de vuelta. Era ella antes de cerrarse. Estaba desnuda y lo miraba con atención. Sin los lentes y en la oscuridad, él apenas podía diferenciar los rasgos de su rostro. Solo la veía por el recuerdo que tenía bien grabado en la memoria.

La había añorado y deseado por años.

—¿Qué se siente? —preguntó ella. Tenía una voz suave, triste, melancólica. Le faltaba energía para ser June.

—¿Qué cosa? —preguntó Logan en voz alta, aunque estaba seguro de que todo aquello era solo parte de su imaginación.

—Amar.

—Es... —Logan se apoyó en la memoria para contestar. ¿Qué lo hacía sentir amar a June? Dolor, ansiedad, impaciencia... No, todo eso era el desamor de ella. Lo que sentía él al amarla era distinto—. Es cálido, alegre, suave pero a la vez emocionante, excitante. Es imparable. No importa cuánto he intentado odiarte, ese sentimiento regresa y golpea más fuerte aún. Es querer que seas feliz, que estés segura. Es irreverente, inexplicable. Es... sexy, también. —ella soltó una risita nerviosa. Logan confirmó que no era June.

—¿Y ser amado? —preguntó en un susurro. Una súplica.

Logan estiró la mano para tocarle el hombro. Ella se encogió, incómoda. Logan redujo la velocidad, pidiendo permiso para alcanzarla, y ella asintió.

Esta vez le costó más contestar. June no lo amaba, pero sí sabía lo que era ser amado.

—Es placentero. Es sentir cómo alguien está dispuesto a verte crecer. Encontrar la felicidad. Alguien que valora que existes.

—¿Es pertenecer a esa persona?

—No, en lo más mínimo. El amor es libertad en su máxima expresión. Soy libre y el amor persiste. Es inagotable: no está limitado a la pertenencia, no lo detiene nada.

Ella sonrió con tal amplitud que, aún con su limitada visión, Logan fue recompensado con la imagen de sus dientes.

—Quiero ser libre —dijo ella con renovada fuerza. Así sonó mucho más como June.

—Ahora creo que puedes serlo. Ahora creo que todo es posible —contestó Logan, bajando por el brazo de ella hasta llegar a su muñeca. De ella sobresalía un enlace, que llegaba hasta un chico sentado en el piso, con su *casco* activo. Logan lo reconoció como el hijo mayor de Javier y Jade. Su fan—. ¿Cómo te llamas?

—Amaia. Su última carta antes de que se cansen de intentarlo por las buenas. Van a destruirte.

—Amaia, yo también quiero ser libre —confesó Logan, ofreciéndole una sonrisa completa a la pobre criatura que temblaba de frío frente a él—. Si la muerte es la única forma de llegar a la libertad, estoy dispuesto a recibirla con los brazos abiertos.

CAPÍTULO 19: PLAN

«Creí en ti».

La misma frase que la había estado torturando las últimas semanas cobró sentido. Sonaba mucho más como Logan. Era una pista, y ella la había pasado por alto.

«Ve a casa».

Pero él no había llegado, no había logrado escapar.

June calculó la velocidad con la que se consumía su enlace, comparado con el tamaño original que tenía. Logan se había quedado un trozo más corto que el suyo, además era bastante más grande que ella, de seguro consumía más recursos. Se maldijo por haber demorado tanto entendiéndolo. Logan podría morir encerrado, prisionero del Oráculo, preguntándose por qué ella no había ido en su búsqueda.

—¿Logan está vivo? —preguntó Mónica, confirmando si había entendido bien antes de alegrarse.

—Es una posibilidad —contestó June—. Sé que sobrevivió a la separación, pero no sé si Javier le perdonó la vida o si el trozo de enlace que Logan se quedó se consume a la misma velocidad que el mío.

—¿Dónde lo tienen? —preguntó Sofía, sujeta a la mano de su esposo. No se habían soltado desde que regresaron del apartamento de June.

—Supongo que podría estar en el Oráculo o en cualquier parte de la ciudad. No tengo idea, la verdad —confesó June—. Supongo que lo querrá tener cerca para…

Dejó la frase inconclusa. No creía que hablar de experimentación o tortura fuera lo ideal en ese momento. Aunque la forma en que todos la miraban le aseguraba que estaban pensando lo mismo que ella. La estabilidad mental de Logan sería un problema que solucionaría una vez lo recuperara.

—Quedan dos días para la presentación. Y según la tradición, esa noche Julia se marchará de aquí con su nueva familia y al día siguiente la enlazarán. ¿Qué vamos a hacer? —preguntó Sofía, apretando la mano de su esposo.

Las dos semanas de plazo habían terminado, y June aún no tenía la nueva enzima.

—Vamos a entregarla.

—¿Disculpa? —preguntó Sofía, sin dar crédito a sus oídos—. ¿Vamos a permitir que se lleven a Julia?

—Es nuestra única opción —contestó June. Sabía que pedía demasiado, pero no veía otra salida—. Necesito sangre del niño, así que tenemos que hacerlos venir. Según lo que he investigado sobre Oasis, tiene una capacidad de consumo hormonal anormal, por eso ha drenado a cada una de sus compañeras hasta la muerte. Si puedo invertir esa capacidad y maximizar la enzima en la leche, creo que podré salvarnos a todos y, con el tiempo, lograr que nuestros cuerpos puedan suplir su propia carga hormonal sin valerse del enlace.

—¿Eso puedes hacerlo en una noche? —preguntó Sebastián.

June tragó saliva. Su modelo era teórico. En teoría, funcionaba, pero cada caso de deficiencia hormonal debía ser tratado de forma individual, y ella no tenía tiempo para ese tipo de especialización.

—Puedo hacerlo general e ir retocando con cada siguiente dosis para el caso particular de cada uno. Por ahora necesitamos salvar a Logan.

El enlace que solía unir a Logan y a June medía poco más de metro y medio. June había calculado quedarse con casi un metro luego de la separación y había consumido hasta ahora la mitad. No había que ser un genio para saber que Logan debía estar en una situación demasiado precaria… Si es que seguía con vida.

—¿Qué hay de Julia? —preguntó Sofía, molesta—. Ahora que sabes que Logan podría estar vivo, ¿ella pasa a segundo plano?

—¡Basta! —se defendió June—. Dijiste que confiarías en mí. ¡Hazlo!

Sofía tragó saliva y se mojó el labio, inquieta. Quería recuperar a Logan, pero la fuerza con la que amaba a Julia era demasiado profunda como para ignorarla. Ahora que June sabía que Logan había creído en ella hasta el final, recuperó su usual confianza. Sabía que podía llegar a la enzima y salvarlos a ambos. Salvarse a ella. A todos.

—Por derecho, podemos presenciar el momento en que se enlacen. Eso nos da pase al Oráculo y me asegura que Javier estará ocupado con ustedes. Y nos regala algo de tiempo: el enlace podría demorar días en formarse y ser una unión definitiva.

—No quiero la sangre de ese engendro corriendo por las venas de mi niña…

—Esa es nuestra única oportunidad para recuperar a Logan —la cortó June—. Antes de realizar el enlazamiento, y si aún no encontramos a Logan, les ofreceremos la enzima para Oasis. No creo que ellos quieran enlazarlos más que nosotros. Solo intentan mantener con vida a su hijo y yo sé cómo.

Como última opción, June podría entregarse como moneda de cambio por la libertad de Julia. No mencionó esa idea. Esperaba no tener que llegar a eso. Era su último recurso.

Sofía se mordió la lengua. No quería entregar a Julia, pero tampoco podían dejar morir a Logan.

—Hablemos con las autoridades —dijo, intentando convencer a la familia de no entregar a la bebé—. Tiene que haber alguien que pueda ayudarnos.

—Tendríamos que confesar que entramos en el Oráculo en primera instancia y que tenemos información confidencial de la salud de Oasis —le recordó June.

—¡Eso! ¡Eso es! Podemos contarles que el niño ha matado a sus antiguos enlaces —continuó Sofía.

—Todas las pruebas de esos eventos son propiedad del Oráculo. Lo negarán todo.

—¿Y las familias de ellas? Tienen que estar en alguna parte —insistió.

—Sofía, —intervino Mónica— si no se ha sabido hasta ahora es porque Javier y Jade han hecho un buen trabajo comprando aliados. No podemos intentar ninguna jugarreta hasta que recuperemos a Logan.

Sofía suspiró, derrotada.

—Lo haremos —contestó por fin.

La única ventaja que tenían sobre ellos era la existencia de June. Por suerte, no creían que hubieran relacionado a Julia con ella. Así, June tendría abierto el camino para tomar la muestra de Oasis sin levantar sospechas.

Sofía se sentía estúpida por armar tal despilfarro en honor de un enlazamiento que detestaba, pero debía ejercitar su hipocresía para lucir radiante y encantadora. Debían convencer a Jade de bajar la guardia y separarse de Oasis el tiempo suficiente para tomar la muestra.

Como June lo esperaba, Javier llegó, por inercia, pegado a su esposa, escondido tras el *casco*. No se molestó en conocer a las personas que sacrificarían a su hija para ser la pareja de su hijo. Sofía recibió a Jade con una enorme sonrisa que temblaba en las comisuras. Jade, ávida de atención, disfrutó los halagos de Sebastián —que, instruido por June, la cortejó lo mejor que pudo— y las atenciones de todos los miembros de la familia.

Lo que no esperaba June era que la pareja llegara acompañada por el hijo mayor y su enlace. El chico miraba con curiosidad y desdén la casa y la decoración del evento. Aunque Sofía había invertido bastante tiempo y dinero en la presentación, no tenía comparación con los lujos a los que estaba acostumbrado. Su compañera no miraba a los presentes a los ojos y se mantenía un par de pasos por detrás de su compañero, cargando a Oasis con naturalidad, acostumbrada a servir de empleada para sus padres adoptivos. El regordete bebé, con su piel clara y sus mejillas sonrojadas, disfrutaba animado de la decoración, sin sospechar que todos los habitantes de esa casa apostaban por su muerte.

La lista de invitados era corta: ambas familias y las dos periodistas locales que habían asistido al evento. Las grandes televisoras, aunque se mostraron interesadas en la noticia en un principio, habían declinado el ofrecimiento a último momento, seguro sobornados por los padres de Oasis.

Murmullos y el sonido de la platería se colaban hasta el armario del cuarto de Julia, donde June, sin conocer los pormenores de la fiesta, esperaba. El resto de la familia haría todo lo posible por llevar a Oasis a ese lugar con alguna excusa para extraer la muestra.

June se emocionó cuando se abrió la puerta por primera vez en la noche. Era la chica con su enlace; él estaba detrás de su *casco*, posiblemente harto del evento. Ella cambió con dificultad el pañal de Oasis, que pataleó y luchó con todas sus fuerzas, ensuciando su vestido. Maldijo, enfadada, y mientras el niño ponía resistencia, lo depositó en la cuna de Julia para ir a limpiarse. Oasis se puso de pie y sacudió los barrotes de su cárcel con ímpetu, llamando a gritos a su esclava para que regresara por él.

June aprovechó la oportunidad y salió de su escondite para tomar la muestra. Que Oasis estuviera gritando de tal forma era tanto una maldición como una bendición. Al menos, no se notaría cuando June lo pinchara porque el niño ya estaba berreando, pero agitaba con tanta furia las extremidades que le resultaba imposible meter la aguja.

June desnudó con dificultad uno de los brazos del niño. Gruesas marcas de varios colores avanzaban hasta distintas longitudes desde su muñeca. La más larga era rosa pálido y le llegaba casi al codo: el color de la marca sanguínea de su madre. La celeste era la más pequeña, de apenas unos centímetros. Evidencias de cada vez que había sido enlazado. Un contador. Cada una de las veces que había pasado por el proceso de enlazado, sin éxito. Marcas que cargaría por siempre, recordándole su pasado, su origen. No era posible enlazarlo, no era normal.

El niño la miró con profunda tristeza, asustado. Le rogaba con los ojitos llenos de lágrimas que lo soltara. Ella sintió lástima por él, no era consciente de lo mortífero que era. Tal vez, si no estuviera en juego la vida de Julia o no hubieran secuestrado a Logan, si Javier no hubiera atentado contra su vida, tal vez si su abuela no hubiera usado a Valeria y Víctor como ratas, tal vez June lo hubiera ayudado. Tenía que haber una forma de salvarlo.

Pero la realidad era que ese niño merecía morir. Era un peligro. Su condición era una mutación de la enfermedad que había destruido dos tercios de la población mundial y había impactado negativamente en la fertilidad de toda la especie. La propagación de la condición de Oasis era un peligro para los humanos, una amenaza para el delicado balance que los enlaces habían impuesto. Un balance que, aunque injusto y limitador, había sido la única esperanza. Los enlaces los salvaron, hasta June tenía que aceptarlo.

Cuando la puerta se abrió por segunda vez, June tenía la jeringa en la boca y con las manos intentaba inmovilizar al pequeño, que gritaba a todo pulmón. No pudo esconderse.

La muchacha la observó sin decir nada por unos segundos, analizando la situación. Sus saltones ojos negros pasaron de la jeringa a la mano donde el enlace de June faltaba. Abrió tanto la boca que June pensó que se pondría a gritar por ayuda, pero para sorpresa de June, avanzó un paso y cerró la puerta, opacando los gritos de Oasis. Avanzó hacia la cuna. June soltó al niño, preparada para excusarse o defenderse. Oasis dejó de patalear y lanzó sus manitas en dirección a la chica, desesperado.

—Usted es June June —le dijo ella a toda prisa, mirando en dirección a la puerta varias veces mientras formulaba la frase—. Su enlace está en el Oráculo. Si usted me ayuda, yo la ayudo —formó con los dedos una tijera y apresó su enlace con ella.

June afirmó.

La chica tomó al niño con más fuerza de la necesaria para inmovilizarlo. El bebé confiaba en ella, se mantuvo atento a su voluntad por unos segundos. June tomó la muestra, sin apartar los ojos de ella. El llanto de Oasis volvió a llenar el lugar.

—¿Dónde lo tienen? —preguntó June, esperando que los gritos del niño cubrieran su voz. No estaba segura de si podía confiar en ella. Ya se había equivocado con Valeria, pero cualquier pista que aumentara las posibilidades de rescatar a Logan valía el riesgo.

—Le enviaré los detalles más tarde —contestó ella, mientras arrullaba al niño para que se callara.

June intentó acercar su brazalete al de ella para compartir su información de contacto, pero no lo permitió.

—Soy @*amaiama12*.

June reconoció el nombre de usuario. Había comentado en sus artículos infinidad de veces, durante años. Conocía su historia y lo mucho que había sufrido. Y más importante aún: esa chica la conocía a ella y confiaba en su trabajo porque deseaba de todo corazón ser libre tanto como June lo deseó alguna vez.

June guardó la muestra con cuidado junto con la indumentaria y regresó a su escondite, sin apartar los ojos de ellos. El maltrato recibido alrededor de los años fue suficiente para fortalecer el deseo de Amaia de separarse de su enlace. Ella no reveló la existencia de June. Más tarde, esa misma noche, Amaia escribiría un mensaje con la ubicación exacta de Logan dentro del Oráculo.

En cuanto el auto arrancó, Sofía se arrodilló junto a la puerta, apoyando la frente en el vidrio, y lloró en silencio. Esa noche no podría consolar a Julia cuando, por la madrugada, la buscara a gritos. Esa noche sus pechos se llenarían en silencio para alimentar a una hija que ya no tenía. Los dolores de su parto aún la atormentaban, las marcas de su embarazo también, pero su lecho estaba vacío. Cuando un hijo pierde a sus padres, se le llama huérfano. Cuando una mujer pierde a su esposo, se convierte en viuda. Son situaciones terribles, pero se tiene una forma de definirlo. No hay una palabra para describir el dolor de un padre al perder a su hijo.

Sebastián se inclinó junto a ella. No intentó levantarla, él mismo no tenía la fuerza para mantenerse en pie. Lloraron por ella, por la niña que ya no era suya. Gotas blanquecinas que se derramaban de sus pechos mancharon el lujoso vestido. Esa precisa imagen fue la que hizo a June perdonar a su madre. El dolor de perder a una hija nunca había sido tan real, nunca lo había entendido.

El llanto de Sofía acompañó a June durante toda la noche mientras trabajaba con la sangre de Oasis. No podía fallar. Había demasiado en juego.

Esa misma madrugada, June tomó el primer prototipo de la nueva enzima y se preparó con dos más para su excursión al Oráculo. Se recostó un par de horas para intentar recuperar fuerzas. Vio a Mónica junto a ella, intentando que dejara de sacudirse. Estaba sudada, hirviendo. Los párpados le pesaban. Intentó pedir ayuda y algo de beber, pero sus labios estaban tan secos que no pudo formular palabras. Imágenes iban y venían: algunas, recuerdos; otras, creaciones inverosímiles. Recuerdos de tiempos mejores, de tiempos peores, de total oscuridad. Fue y volvió de la inconsciencia más veces de las que pudo contar.

Un par de horas después, cuando recuperó la capacidad del habla, Mónica acudió en su ayuda. Tenía el cuerpo pesado, la piel pálida y fría, y el pecho mucho más limpio. Nunca había visto su piel de aquella forma: su discreta línea amarilla aún la recorría, pero la línea morada que solía cruzarla había desaparecido y el enlace en su mano estaba seco. June lo tocó. No lo sintió. No era parte de ella. Su enlace había muerto, pero ella no. En su muñeca cicatrizaba la única evidencia de su anterior realidad.

Javier había escogido un horario poco común para realizar el emparejamiento, seguramente motivado por el secretismo con el que tenía que manejar la condición de Oasis. A esa hora de la madrugada solo estaría un limitado número de empleados, principalmente de seguridad y de soporte médico. Eso los beneficiaba, así que no opusieron resistencia alguna.

June era demasiado alta para entrar de la misma forma que lo había hecho Valeria, así que robó la idea de uno de sus mitos preferidos e ingresó camuflada como un gran presente para Julia. Como era de esperar, Jade ni siquiera se molestó en abrirlo. Aseguró que la niña tendría todo lo que deseara viviendo con ellos.

El cuarto donde tenían a Logan era una sala médica en el mismo piso en el que se realizaría la intervención de Julia. Aún así, June necesitaba de un milagro para no ser vista. Pero valía la pena arriesgarse para recuperarlo.

Se preparó mentalmente para el estado en el que lo encontraría. El recuerdo del cuarto frío donde yacía Víctor inundó sus ojos de lágrimas. Se preguntó si ella tendría las agallas de Valeria para desconectarlo si ese fuera el caso.

Ya había perdido a Logan una vez, no lo perdería de nuevo.

Corrió con toda la libertad que le daba su solitaria condición. Dos guardias enlazados custodiaban la puerta de Logan, no tenía sentido intentar pasar desapercibida. Era la única forma de llegar hasta él, así que June apeló a que fueran creyentes. Abrió las manos para mostrar sus antebrazos expuestos, donde las venas se dibujaban acompañadas de un único color. Caminó tan imponente como pudo y les ordenó que le abrieran. Ellos la miraron como si fuera una abominación o un ser divino. Cuando June intentó tocarlos, el hombre soltó un grito y salió corriendo despavorido, llevándose con él a su pareja.

Una habitación sin ventanas y con una sola cama en el centro la recibió, Logan estaba sobre ella. Se veía más delgado a como lo recordaba y con una barba de varias semanas. Él no apartó la vista del diminuto trozo de enlace que le quedaba pegado a la muñeca, cuando dijo:

—No tengo ni puta idea de dónde carajos está. ¿Podrían dejarme morir de una vez?

A June el corazón se le arrugó en el pecho al escuchar la amargura en su voz, pero también le dio un brinco de alegría al escucharlo hablar. Estaba vivo.

—Yo tengo una idea de dónde está —contestó, llegando hasta él.

Él giró con tanta prisa que se mareó, y la observó de arriba abajo, comprobando que fuera ella, que estuviera bien.

—June... —dijo, extendiendo la mano hasta tocarle el rostro. Ella asintió con una sonrisa. Los delgados y suaves dedos de Logan le acariciaron el costado del cuello. No estaban fríos ni tiesos. June disfrutó el tacto sobre la mejilla y besó cuidadosamente la mano con que la tocaba. Sintió genuina felicidad. Toda la desesperanza, la incertidumbre y el dolor que la habían acompañado por semanas desaparecieron. Fue consciente por primera vez de lo mucho que lo quería, de lo feliz que la hacía.

La habitación desapareció, no estaban en el Oráculo. No tenía el tiempo contado. Julia no corría peligro. Solo estaba él. La paz que Logan le transmitía, aún en el dolor, era innegable.

June se inclinó sobre él para abrazarlo. Logan dio un brinco, nervioso. No esperaba tal muestra de afecto en aquellas circunstancias, no después de todas las dudas que él había tenido. No morir luego de separarse había sido un golpe a su fe, la había roto. Un golpe a toda su creencia. Que June se marchara sin él, que no regresara... Cada día el peso de los acontecimientos lo intentaba convencer. Cada día se preguntaba si la volvería a ver, si ese sería su último día en la Tierra, si lo pasaría sin ella. Maldecía y repetía el ciclo de su calvario. Se preguntó cómo era posible que no la hubiera dejado de amar. No tenía sentido amarla si ella no estaba. No era parte de él, de su alma. Nunca lo había sido. No existía tal cosa.

Se dio cuenta de que no tenía sentido. El amor, como la fe, no depende de las circunstancias. No era algo que pudiera cambiar. La amaría hasta su último día, sin importar que ella no lo amara de vuelta. Y, sin embargo, ahí estaba ella, abrazándolo.

Había regresado por él.

—Tardaste mucho más de lo que preví —dijo con algo de amargura—. Pensé que no volverías.

—No lo entendí de inmediato —confesó ella, hablando desde su pecho, acariciando su pectoral—. Pensé que estabas muerto. Debiste ser más claro.

Logan bufó molesto. Había sido torturado y, aun así, June encontraba la forma de culparlo. Cuando ella se apartó de su pecho para mirarlo a la cara, con los ojos llenos de gruesas lágrimas y las pestañas empapadas, el enojo se le borró, y el corazón le latió sin control, recordándole que todas las locuras que había hecho eran por ella.

—No quise revelarles que sabías cómo duplicar la enzima —dijo él—. No podía ponerte en peligro.

June le tomó la mano por la que habían estado atados apenas unas semanas atrás. Un pequeño fragmento maloliente de enlace sobresalía de él. El amarillo de June recorría el brazo de Logan con mucho menos intensidad de la que había tenido nunca. También encontró incontables entradas de aguja en su antebrazo y diminutos moretones de días anteriores.

—¿Qué te hicieron? —preguntó, retirando la cobija para encontrarse con cientos de marcas similares por todo su cuerpo. Logan movió las piernas con dificultad para bajar de la cama.

—Solo tomaron muestras —dijo, quitándole importancia—. Sangre, saliva, semen...

—¿Semen? —preguntó June con incredulidad.

—No estés celosa, pensé en ti todo el tiempo —bromeó él, intentando tranquilizarla.

Ella puso los ojos en blanco y se pasó un brazo de Logan por sobre los hombros para ayudarlo a salir de la cama. Él soltó un desgarrador aullido de dolor cuando la espalda se apartó de las almohadas. June le retiró la bata para mirar la curvatura de su columna. Marcas recorrían cada una de las vértebras. Amoratadas entradas de aguja formaban un camino que se perdía en el trasero.

—Muestras, June —dijo él, obligándola a mirarlo a los ojos—. Solo son eso. Solo muestras. Olvídalo.

Ella sintió que la rabia le estallaba en el pecho. Tendrían que pagar. Los harían pagar. El Oráculo caería. No descansaría hasta lograr destruirlos.

Se apoyó el peso de Logan sobre los hombros. Él se inclinó en ella para levantarse. Lo venció el cansancio y volvió a caer en la cama.

—June, no puedo —confesó, respirando con dificultad.

—Tienes que poder —dijo ella con decisión—. No puedo cargarte sola, son solo unos minutos. Tienes que poder.

Logan disfrutó ver aquella pasión en sus oscuros ojos. Puro poder, puro valor. Se sintió fortalecido.

—¿Cómo me encontraste? —preguntó, analizando por primera vez la realidad del asunto.

Silencio.

—Es una trampa, ¿verdad? —él no encontraba otra explicación—. Tienes que salir.

Logan retiró su brazo de ella. June opuso resistencia.

—¡Basta! —le ordenó molesta—. No voy a dejarte solo de nuevo. Si te quedas, me quedo contigo.

Una delicada sonrisa apareció en los labios de Logan, sin hoyuelos, y dijo:

—¿Como si estuviéramos de alguna forma atados? ¡Qué anticuado!

CAPÍTULO 20: LIBERTAD

Ella no pudo evitar soltar una risita, disfrutó la ironía. Sabía que Logan no lo entendería del todo, pero para ella aquello era distinto. Toda su vida había tenido que estar con Logan. En esa oportunidad, ella lo estaba eligiendo, había tenido la opción de continuar sin él y había regresado por su voluntad. Era libre al fin.

—Déjate de tonterías —contestó ella, acomodándose el brazo de Logan sobre la espalda. Él vio por primera vez el brazo de June, libre de su color morado.

—No tienes mi marca sanguínea —dijo, extrañando ver su color recorrer a June.

—Ni tú tendrás la mía —le aclaró ella, mostrándole la ampolla de enzima que tenía guardada en el interior de la chaqueta—. Diseñé otra fórmula. Esta elimina permanentemente la dependencia hormonal al enlace, pero es algo invasiva.

—¿Invasiva?

June no quería entrar en detalles de los agonizantes minutos posteriores a consumir la nueva enzima. En el estado que Logan estaba, no creía que lo soportara. Esperaba poder estabilizarlo antes de darle su dosis.

—Digamos que requiere de un tiempo de adaptación —añadió de forma escueta.

—Si crees que es lo mejor para mí, lo tomaré. Creo en ti —dijo él, acariciándole el rostro con la nariz. Ella se sonrojó, y le permitió a Logan notarlo. Ya no tenía caso ocultar cómo se sentía por él. Estaba demasiado agradecida de ver el verde de sus ojos volver a brillar para ella.

—No te imaginas...

Un escándalo en los pasillos cercanos distrajo a June, y la devolvió a la realidad. Su misión no había terminado. Ese alboroto solo podía significar una cosa: el tiempo máximo que podían esperar había llegado a su fin y, por la seguridad de Julia, habían puesto en marcha el plan de contingencia.

La única carta que les quedaba por jugar era el elemento sorpresa. La revelación de la relación de Julia con June. El intercambio de la enzima por la libertad de la pequeña.

Cuando Logan y June los alcanzaron en el pasillo, la situación estaba ya salida de control. Tres parejas de guardias de seguridad amenazaban a Sebastián con armas de choque celular. Sebastián servía de escudo humano para proteger a Sofía, que cargaba a Julia contra su pecho. La niña gritaba a todo pulmón. Javier ordenaba a los guardias que se la arrebataran, mientras Jade, a sus espaldas, le rogaba que bajara la voz. Su hijo mayor se escondía detrás de Amaia, que cargaba a Oasis. El bebé miraba la situación de lo más emocionado con sus ojos color miel.

—Lo que están haciendo es muy exagerado —dijo Jade, intentando mantener las apariencias cuando los curiosos empleados se acercaron a ver el espectáculo—. Nosotros cuidaremos de ella como si fuera nuestra.

Amaia bufó molesta. Jade la fulminó con la mirada, pero disimuló diciendo:

—Amaia, será mejor que te lleves a Oasis de regreso a la sala.

La chica no se movió de su lugar. Observaba más allá de Jade con una sonrisa oscura en los labios, demencial. Jade siguió su mirada hasta llegar a June que, apoyada contra la pared, ayudaba a Logan a mantenerse en pie. Jade contuvo un grito y tiró de su enlace para llamar la atención de su marido.

—¿Qué demonios quieres? ¡Me estoy haciendo cargo de esto! —le reclamó Javier casi en un ladrido, y giró hacia la dirección que indicaba Jade.

June se sintió en desventaja. No habían tomado en cuenta que esta vez Javier se atrevería a llamar a seguridad y que tendrían tanto público.

—¡Contemplad! —gritó Amaia a todo pulmón—. No tiene enlace. June June lo logró. No tenemos que vivir atados a nuestros enlaces.

—¡Deja de decir tonterías! —la reprendió su compañero, levantando la mano para abofetearla. Amaia levantó la barbilla y él se detuvo en el acto. Ella lo fulminó con la mirada. Él nunca la había visto tan imponente. Estaba acostumbrado a enfrentarla en grupo, a superarla en número cuando la obligaba a cumplir sus caprichos. Ella estaba sola en una casa demasiado grande. Ahora era distinto, se sentía apadrinada. Por años se había resignado al tipo de vida que tendría. Había aprendido de Jade que era más saludable e inteligente aparentar ignorancia y sumisión. Había aguantado suficiente, no sería más una esclava.

Los murmullos estallaron como la pólvora. Incluso entre los guardias de Javier las miradas viajaron hasta Logan y June, que aunque estaban uno junto al otro, era claro que no tenían un enlace que los uniera.

Sofía salió de la protección de Sebastián para acercarse a su hermano. Al hacerlo, la conexión que habían maquillado de sus enlaces se rompió, revelando que ellos también estaban separados. Los murmullos aumentaron. Logan saludó a Sofía con un gesto de cabeza.

—¿Pero qué demonios...? —empezó Javier, pero Sofía lo interrumpió:

—Nos llevaremos a Julia.

—¡Orión! —corrigió Jade—. ¡Nosotros ganamos la custodia!

—¡Ustedes la compraron, como a las niñas anteriores! —replicó Sofía. El rostro de Jade palideció—. Ella no les pertenece y mi hermano tampoco.

El rostro de Javier ardía en furia. Sus secretos correrían como el agua por toda la empresa si esas mujeres no eran silenciadas. Evaluó sus opciones. No podía dejarlos salir con vida, sin importar que conocieran la fórmula de la separación hormonal. Eran una amenaza constante no solo a su familia, sino también al imperio que habían creado.

—¡Arréstenlos! —ordenó Javier a sus guardias—. Están en propiedad privada. Entraron haciendo acusaciones ilógicas e incumpliendo la ley de emparejamientos, y no lo permitiré. ¡Esto es una aberración! ¡Los retendremos mientras llegan las autoridades!

June creyó que su corazón se detendría. No tenía más ideas. Logan, junto a ella, extendió el brazo para protegerla, aunque apenas podía mantenerse en pie.

—Puedo darles la fórmula —dijo ella casi en un ruego—. Solo queremos irnos.

Una sonrisa ladina poseyó los labios de Javier. Podía oler la victoria en el ruego de June. Estaban desesperados. Claro que le daría la fórmula, pero jamás les permitiría marcharse.

—No sé de qué diablos hablas —Javier negó con la cabeza.

June sintió que el éxito se le escurría entre los dedos. Serían prisioneros. Estarían bajo el control de Javier.

Dos parejas de guardias se acercaron con las armas en alto, mientras la otra mostraba esposas.

—¡Déjelos! —gritó Amaia, dejando caer a Oasis al suelo. Él lloró, acariciándose las rodillas. Jade tiró de su esposo cuando se arrodilló para atenderlo. Amaia levantó la mano de la que sobresalía su enlace y lo amenazó con una navaja.

—¿Qué haces, estúpida? —le preguntó el chico, intentando tomarla por la muñeca. La chica se defendió haciéndole un corte en la palma. El muchacho se quejó y apartó la mano.

—¡No pienso soportar esto más! —gritó Amaia, sin apartar los ojos de su enlace.

—Amaia, baja eso ahora o tendrás muchos problemas —le advirtió Javier—. Ya hablaremos de esto en casa. ¡Espera en el auto!

—¡No! —gritó ella, y escupió al suelo. Tenía los ojos abiertos como nunca y amenazaba con su navaja en todas direcciones—. No pienso ir a ningún lado con ustedes. No necesito más de mi enlace.

—¡No es así como funciona! —le advirtió June, pero su voz se perdió entre los acalorados gritos de Amaia.

—No tengo que vivir atada a ti —continuó, apuntando con la navaja al chico—. Ellos son la prueba viviente. Estoy harta de satisfacer tus deseos y perversiones asquerosas.

—¡Callate, idiota! —gritó él, colorado hasta las orejas, y se lanzó sobre ella.

Amaia alejó la navaja del alcance de su compañero y dijo:

—Estoy dispuesta a recibir la libertad con los brazos abiertos —sonrió a Logan y, con un movimiento rápido, cortó su enlace.

Ambos chicos cayeron al instante con los ojos abiertos: ella, con una sonrisa aún en los labios; él, con el rubor de la humillación alejándose con rapidez de sus mejillas.

Jade soltó un alarido que sonó más como un aullido y se aferró a Oasis. Javier gritó y sostuvo el cuerpo inerte de su hijo. Dos de los guardias, que sostenían las armas, se inclinaron para intentar reanimar a los adolescentes. Sebastián aprovechó la distracción para robar el arma del tercero y apuntar a Oasis, que estaba en los brazos de su madre.

—¡Por favor, se lo ruego! —gritó Jade, cubriendo al bebé con su cuerpo—. ¿Acaso no hemos perdido suficiente?

—La enzima —murmuró Javier, y miró a June con ojos llenos de súplica—. ¿Puede salvarlo?

June lo dudaba. Tanto el muchacho como Amaia tenían las pupilas dilatadas y fijas en un punto. No había enzima capaz de hacerlos volver de ese punto. Negó con la cabeza.

—No podemos perder a Oasis —suplicó Jade—. La niña. Tenemos que enlazarlos.

—Ni de broma —dijo Sebastián, mientras levantaba el seguro de su arma y continuaba apuntando al niño—. Nos vamos de aquí o se quedan sin herederos.

Jade sollozó y se aferró con más fuerza a su pequeño. Miró a su esposo, buscando una respuesta, acostumbrada a no tener voz propia. Javier, abrazado al cadáver de su legítimo heredero, sopesó sus opciones. Necesitaba a la niña y la enzima, pero no tanto como necesitaba a Oasis.

—Que se larguen —dijo Javier por fin, con asco.

June respiró aliviada. Dio unos pasos para escaparse antes de que cambiaran de opinión, pero Logan no se movió.

—Traes una dosis para mí, ¿no es así?

Ella afirmó con la cabeza.

—Dáselas para Oasis.

June estuvo a punto de reclamar cuando Logan añadió:

—Míralos, no son distintos a nosotros. Solo buscan proteger a los suyos.

June vio a Jade apretando a su bebé con los ojos enrojecidos y a Javier perdido en el pálido rostro del cadáver de su hijo, como si el resto del mundo fuera invisible. Luego atisbó más allá, al cuerpo de Amaia. Sola. Nadie lloraba su muerte. Era un estorbo, una extensión de su hijo. Su pertenencia. No era digna ni de lágrimas. Ella había preferido la muerte que regresar con ellos a casa. De cierta manera ahora estaba mejor.

June lucharía por la libertad de todos los que, como Amaia, sufrían.

—No son como nosotros. Ellos mismos se buscaron todo esto. Yo no soy la culpable de la muerte de su muchacho —aclaró June.

—Y tampoco serás la culpable de la muerte de Oasis —replicó Logan—. Podemos ayudarlo.

—Logan, ellos te…

—Yo pude matarlo y lo dejé vivir —le interrumpió Javier. June lo miró con odio—. Vive gracias a mí. Tú lo dejaste y yo le perdoné la vida. Me lo debes.

June recordó las marcas que recorrían la piel de Logan. Ese era un final mucho peor que morir. Sintió la mano de Logan sobre la barbilla, obligándola a dejar de asesinar a Javier con la mirada para verlo a él.

—Es lo correcto —le aseguró él—. Después de todo, Oasis es el alma gemela de Julia.

June puso los ojos en blanco y soltó un bufido.

—¿Te frieron el cerebro? —preguntó, sin dar crédito a lo que habían escuchado sus oídos—. ¿Las otras niñas también eran sus almas gemelas?

Logan se encogió de hombros y añadió:

—Es inevitable. No puedes decidir creer en algunos casos y en otros no. Muchas veces pensé en rendirme contigo y no me arrepiento, ni por un momento, de no haberlo hecho. Creí que eras mi alma gemela, y no me equivoqué. Creí que separarnos no cambiaría eso y tampoco me equivoqué. Decido creer en Oasis. ¿Crees tú también?

June no podía negárselo, no después de todo lo que lo había hecho sufrir. No después de que él creyera en ella aún en contra de su fe. Así que asintió.

Logan apoyó el peso contra la pared y June se acercó a Javier.

No quiso tocarlo. Se sacó de la chaqueta la ampollita con la enzima y la hizo rodar en el piso hasta llegar a él. Le entregó la enzima de mala gana, rogando a los cielos que la intensa fuerza de adaptación a la nueva distribución hormonal fuera demasiado para el bebé y muriera a causa de eso. Que muriera víctima de su desgarrador consumo hormonal como habían muerto cada una de sus parejas.

—No se acerque a nosotros nunca más —le advirtió June.

Ambas familias se miraron, deseando que sus caminos no volvieran a cruzarse.

Luz.

Un lugar familiar, días de monótonas paredes y constantes intervenciones pasaron fugaces frente a él. Se había acabado. Aún tenía marcas que le recordarían por días lo ocurrido y profundas heridas en el alma que tal vez nunca terminarían de sanar. Esa era historia para otro día, en ese momento solo importaban ellos. June dormía acurrucada a su cuerpo. Él se había encontrado con sus ojos un par de veces entre sueños, pero el cansancio la había vencido. Levantó una mano para acariciarla y se sorprendió de ver una marca en su muñeca. Su enlace había desaparecido. Cicatrizaba y el amarillo de la marca sanguínea de June, que tan familiar se sentía en su cuerpo, se había desvanecido. No necesitaba de ella para vivir y, sin embargo, sentía que la necesitaba más que nunca.

Ella se desperezó y se aferró a él. Para Logan, aquello era un sueño hecho realidad. Parecía mentira que unas noches atrás había pensado que se había olvidado de él. Pero ahí estaba. Tenía plena libertad para dormir a kilómetros, y estaba metida entre sus sábanas, entrelazando sus pies. La cálida piel de sus muslos en contacto con los suyos.

Se tomó el tiempo para mirarla mejor. Traía una pijama de tirantes, y presumía, sin quererlo, el lugar donde la marca sanguínea de Logan se había desvanecido. Era libre. Ella no necesitaba de él.

—¿Qué tanto me ves? —preguntó, sin abrir los ojos.

Él sonrió y le acarició el mentón para levantarle el rostro hasta el suyo. Ella sonrió con amplitud, hasta que recordó una duda que le borró la sonrisa.

—¿Qué te hizo tomar la enzima?

—Creí. Decidí creer que, aunque nos separáramos, lo que siento por tí, lo que somos, no cambiaría.

—Pero no me lo dijiste —dijo ella con amargura—. ¿Temías que cortara nuestro enlace en cuanto lo supiera?

Él negó con la cabeza, June se sumergió en su pecho con más fuerza.

—Sabía que no lo harías así —contestó él con certeza.

—Habría esperado —confirmó ella. Se alejó un poco de él para verlo al rostro—. ¿Entonces por qué no dijiste nada?

—No fue de mis mejores momentos... Me sentí sucio, como si hubiera roto un pacto sagrado. Pero no fue así.

June le acarició un hombro, él la sostuvo por la curva de la espalda.

—¿No lo fue?

—Sigo creyendo que los enlaces son nuestra salvación. Renuncié al mío solo de forma física.

—¿Por qué siento que estás evadiendo mi pregunta?

—Tú siempre has perseverado hasta el final, y yo... luego de todo lo que despotriqué contra los solos y que juré proteger mi enlace... Estaba equivocado, mi enlace no era ese trozo de carne que nos unía, eres tú. Y mientras siga con vida, seguiré creyendo en tí. Cambié de opinión, y no estaba seguro de que eso fuera algo que vieras con buenos ojos.

—Todos tenemos derecho a cambiar de opinión, Logan. Aceptar que nos equivocamos y cambiar de rumbo. Yo estaba equivocada en casi todo. Luego de reconocer su error, solo un necio continuaría por el mismo camino. Lamento si te hice sentir que era inflexible.

Él la apretó con fuerza y ella se acomodó de nuevo contra su pecho.

Quería que aquel momento durara por toda la eternidad, cerrar los ojos y engañarse. Hubiera sido injusto para ella. Logan conocía el largo camino que June había sufrido hasta llegar a ese momento, no podía aplazarlo más.

—¿Cuándo? —preguntó Logan con voz débil. No preguntó qué planes tenía o cómo se sentía ni intentó entenderlo tampoco. Solo quería saber cuánto tiempo les quedaba.

June abrió los ojos para encontrarse con el rostro de Logan. Aunque había pasado una semana, seguía luciendo flacucho y desalineado. Esperaba poder disfrutar de su calor un poco más, tal vez poder sentirlo dentro de ella otra vez, pero temía acostumbrarse a él y no emprender el vuelo. Tenía que hacerlo, lo había necesitado toda la vida. Se lo debía.

—En cuanto te recuperes —contestó June, poniendo una mano en su pecho desnudo, notando también la ausencia de su color. La enzima había funcionado de maravilla.

—¿Por qué? Ya no estamos enlazados. Cómo me siento o mi salud no debería limitarte.

—Logan, por favor...

—No lo digo con resentimiento —la interrumpió, acariciándole la nuca—. No te di la libertad para atarte a mí de nuevo. Sabíamos que este momento llegaría. Tienes asuntos que arreglar sola. Yo nunca estuve invitado. Cortar nuestro enlace tenía ese efecto colateral, y lo sabía cuando lo corté.

—Lo hiciste para salvarme la vida.

—No me debes nada. No te sientas culpable de hacer uso de tu libertad.

EPÍLOGO

Conoció a muchos en su camino. Siempre se sorprendían de lo solitario de su viaje. Algunos respondían con agresividad y otros con miedo. Eso entorpeció su trayecto. Debía desplazarse por las noches, con extrema cautela. En las sombras, como el tabú que era. Ganó mucha popularidad: un par de meses de viaje y todo el planeta conocía su historia. Muchos la despreciaban, otros la envidiaban, y cientos querían comprar su descubrimiento. June se lo cedió a Sebastián para su investigación y refinamiento, mientras que ella se ocupaba de sus asuntos. Ahora que estaba regresando, esperaba poder seguir trabajando en mejorar el componente para hacerlo más efectivo. Más seguro, más universal.

Al inicio solo había polémica y miedo, superstición y persecución, pero todo mejoró cuando se popularizó el cómic. Su cómic, el que él dibujó sobre ella. June lo leyó por primera vez en casa de sus padres. Se sorprendió de cómo retrató su lucha en las viñetas multicolor. Nunca pensó en ella como una heroína y, sin embargo, ahí estaba. Su versión ilustrada mostraba a una chica que buscaba libertad. Se sorprendió de lo mucho que Logan entendía sus motivaciones, y agradeció la forma tan sutil en la que cambió la historia para ocultar sus momentos más bajos. Aunque nunca le perdonaría que le atribuyera a ella el incidente del pedo en clase de gimnasia. Ya tendría tiempo para arreglar cuentas con él al regresar.

La palabra le supo dulce en los labios: regresar.

Encontrarse con sus padres no fue tarea sencilla. Pasó semanas rondando el pueblo sin animarse a tocar a la puerta del que debió ser su hogar, pero el sacrificio de Logan la motivó. Tenía que valer el haberlo dejado. Tenía que cerrar esa herida, perdonar y avanzar, o al menos dejar ir. Si ellos no la acogían, continuaría viviendo. Cerraría el ciclo aceptando que no había nada que pudiera hacer para ser amada por sus progenitores, que no era ella la que debía cambiar, que no era su culpa. Pero lo hicieron: no de la forma idílica que se había imaginado en su cabeza todos esos años, pero la recibieron con los brazos abiertos, incluso sin su enlace. June tuvo que aceptar que el tiempo que estuvo con ellos no se sintió en casa. Que en su corazón, su hogar estaba a kilómetros de distancia.

Extrañaba a Logan como nunca hubiera previsto, apenas se habían hablado en meses. Esperaba que él le estuviera dando su espacio y no que se hubiera olvidado de ella. June no había dejado de imaginar el color de sus ojos en cada hoja, cada melodía o cada parpadeo. Siempre estaba ahí, no importaba que no estuvieran enlazados. La presencia de Logan la seguía como su sombra, como parte de ella y no le molestaba en lo más mínimo.

El cómic era prueba de que, para él, ella era valiosa.

Ver el edificio del Oráculo le revolvió las entrañas. June aún no cumplía su promesa de destruirlos, pero los rumores de aquel fatídico día y la existencia comprobada de solos, les había hecho perder su credibilidad y reputación divina. Ahora era una empresa más. Incluso otras compañías empezaron a realizar emparejamientos a menor costo. Basado en el deterioro de la fachada, June creía que no tardaría mucho para que el imperio que Javier tanto luchó por proteger cayera.

Cuando llegó a la puerta de su antiguo apartamento tuvo que recorrer varias veces el pasillo antes de animarse a abrir. Incluso estaba más nerviosa que al tocar el timbre de sus padres. Si Logan la rechazaba... Seguiría completa, pero rota. Con el corazón roto.

Cuando por fin abrió y se encontró a Diana viendo la tele en la sala, la mirada de June viajó hacia su muñeca. Tenía la cicatriz de su anterior enlace y solo su color lila le recorría el cuerpo. Era libre. June sabía que unos pocos se habían inscrito en el primer plan piloto para separar enlaces ya establecidos, y no le sorprendió escuchar que Diana había entrado en el programa. Tampoco le sorprendió verla vivir en su antiguo apartamento.

Diana era perfecta para Logan: tan dulce, carismática, hermosa. Fácil de amar.

June se obligó a saludarla y sonreír con entusiasmo. Era lo menos que podía hacer por Logan. Incluso cargó al regordete hijo de Diana, un niño encantador. No tenía los deslumbrantes ojos de Logan, pero era tierno, con sus mejillas rosadas y sonrisa sin dientes.

Lo que sorprendió a June fue la voz de Ego. Ella amaba a Logan, pero no se veía viviendo con Diana y con él. Cuando Diego empezó a presumir al niño, June supo que había supuesto equivocadamente que Logan y Diana vivían juntos en su apartamento. No parecía ser el caso, así que les preguntó qué rayos hacían ahí. Diana le explicó que luego de la separación, Logan no quiso seguir viviendo allí. Que les vendió el lugar a un precio muy accesible tan solo un par de semanas después de su partida, y que luego regresó a casa de sus padres.

June se despidió de ellos deseándoles lo mejor y aceptando para sus adentros que aún tenía mucho que aprender sobre el amor. Ellos habían roto su enlace luego de que Diego fuera diagnosticado con cáncer y prefirió separarse de Diana antes de ponerla en peligro. Eran genuinamente felices, incluso Diego parecía más agradable. Sin enlace y juntos, por decisión.

June volvió a cosechar ansiedad. ¿Logan había dejado atrás la vida que habían formado juntos tan pronto?

Aparcó frente a la casa donde había crecido. Solo reconoció el lugar por la costumbre, pero su apariencia era distinta. En tan solo un año, el lugar había evolucionado en una fortaleza. Las propiedades a ambos lados no existían. En cambio, una muralla rodeaba la casa de la infancia de June. Varias cámaras aseguraban el perímetro y luces automáticas se activaron, dejando en evidencia su llegada. Ella caminó nerviosa ante tal derroche de vigilancia.

Una pareja de guardias la miró boquiabierta desde las alturas en su torre de observación. Ella, acostumbrada a los curiosos, los ignoró. Acercó el rostro al comunicador de seguridad para informar sobre su llegada y sus motivos. Para su sorpresa, su rostro fue reconocido por el sistema de seguridad, y la enorme puerta se abrió con lentitud. Más allá de la muralla, la casa de Mario y Mónica lucía tal y como la recordaba: la misma entrada donde tantas veces había practicado mentiras con Logan.

La puerta principal se abrió de par en par, iluminando el camino de June hasta la casa. Ella se recogió el cabello detrás de las orejas. No estaba preparada para que la recibiera tan tarde, no sin tener la oportunidad de refrescarse el rostro. Había conducido por horas y no recordaba la última vez que había tomado una ducha. Debía dar una impresión de pena.

En cambio él…

Logan la esperaba en la entrada. Lucía más atractivo que nunca. Había recuperado el peso que había perdido, incluso se veía más grande. Ahora que June no estaba para quejarse constantemente de tener que ir al gimnasio, él se había vuelto más disciplinado. Tenía el cabello más corto que de costumbre y había vuelto a usar gafas, pero las esmeraldas de sus ojos brillaban con tanta fuerza, que aún detrás de los lentes se distinguían en la oscuridad.

A June le fallaron las rodillas y se detuvo a medio camino. No había ni rastro de hoyuelos en el rostro de Logan. Ella, sin embargo, sonreía sin poder disimularlo.

—Eres libre al fin. Puedes ir a donde quieras —dijo Logan, alzando la voz para asegurarse de que su mensaje llegara hasta June a pesar de los cinco metros que los separaban—. ¿Por qué volviste?

Tragó saliva, estupefacta. Sabía que había pasado mucho tiempo, pero guardaba la esperanza de ser bien recibida. La pregunta de Logan le desinfló la ilusión. June resistió el impulso de girarse y correr en dirección contraria. Logan había luchado mucho por tener una relación con ella, aún en contra de todo pronóstico. Se decidió a pagarle de la misma forma, al menos tenía que intentarlo.

—No hay otro lugar en el que quisiera estar —contestó con un hilo de voz. Luego se aclaró la garganta. Necesitaba que, al decir lo siguiente, su voz sonara tan segura como estaba su corazón—. Logan, quiero estar contigo.

Logan cerró los ojos con fuerza, suspiró vaciando todo el aire de los pulmones, negó con la cabeza y la miró con tristeza mientras decía:

—Si no mal recuerdo, odiabas estar conmigo. Preferías la compañía de cualquier otro antes que la mía…

—No he estado con nadie desde que estuvimos juntos —dijo June de manera atropellada antes de perder el valor. Por alguna razón sentía que tenía que decírselo, que necesitaba aclararle que había un antes y un después de aquella noche, que ella no seguía buscando lo que ya había encontrado.

—¿Eso es una pregunta, June? ¿Quieres saber si he tenido "invitadas"?

Logan hizo una pausa y se negó a continuar hasta que ella contestara. Ella afirmó con un tímido movimiento. Él negó con la cabeza, frustrado y furioso.

—Me dejaste y sin tí me convertí en un paria. Tuve que huir y refugiarme en casa de mis padres para protegernos. Para unos soy un error de la naturaleza y para otros una anomalía que necesitan investigar. Yo mismo no sabía quién era. No sin tí, incluso desde lejos seguías aquí —se dió un par de golpecitos en la sien—. No podía dejar de dibujarte.

—¿Por eso escribiste el cómic? —preguntó ella, con la intención de agradecerle el gesto.

Él no parecía complacido.

—Necesitaba sacarte de mi sistema. Como un virus, como algo que hace daño y debe irse. Descubrir qué quedaba de mí si ya no estabas. Darle algún tipo de cierre a lo que había pasado y a la vez contestar las preguntas que todos se estaban haciendo sobre lo ocurrido. Dibujar es lo que soy, contar historias es mi única forma de expresarme. Fue catártico —un asomo de media sonrisa se le dibujó en la mejilla—. Resulta que tenías razón y sin tí soy solo Logan, y es suficiente. Soy suficiente.

A ella los ojos se le llenaron de lágrimas. Estaba feliz por él, había cambiado. Ahora se daba el valor que ella siempre supo que tenía. Pero también estaba triste, lo había entendido todo mal, él la había superado. El cómic no trataba sobre la libertad de June, era la forma de Logan de serlo. Tal vez todavía podía dar la vuelta y conservar la poca dignidad que le quedaba, pero sus pies habían echado raíces en el jardín de Logan.

—No lo hagas —le rogó él, como si pudiera leerle el pensamiento. Y por primera vez ella reconoció al Logan que recordaba—. No supongas que sabes lo que siento.

—No lo haré. Si pretendo que esto funcione tengo que hacerlo distinto. Necesitamos tener conversaciones difíciles. No quiero levantar barreras ni cerrarme. Logan, no quiero andar con más rodeos. Vine aquí a ofrecerte mi corazón totalmente expuesto. Es tuyo. ¿Qué sientes tú por mí?

Él avanzó hasta ella, con la mirada fija en su rostro. June se rodeó con los brazos, siendo consciente del frío por primera vez. El viento le helaba los labios y la sinceridad que encontró en los ojos de Logan le ardía en el pecho.

—June...

Logan llegó hasta ella y le acarició un hombro. Ella sintió el calor penetrando su piel, llenándola de un cálido cosquilleo. Logan la sintió estremecerse con el solo tacto de sus yemas y le dedicó una sonrisa completa. June había soñado por meses con ver de nuevo una de aquellas, con ver una sonrisa que era solo suya.

—Te amo, Logan —confesó ella sin pizca de duda. Decirlo le calentó el pecho, pero la sonrisa en el rostro de él desapareció.

—Yo... lamento que me ames —negó con la cabeza, con una mezcla de culpa y dolor—. En serio quería que fueras libre.

—Amarte no me quita mi libertad —le aclaró ella—. No me quedo contigo porque tenga que hacerlo. Me quedo porque quiero.

—¿Crees que eres mi alma gemela? —preguntó él, acortando la distancia entre ellos y aferrándose a su cintura.

Ella negó con la cabeza sin apartar sus miradas, sonriendo. Era la verdad, pero sabía que Logan podía creer por los dos.

—¿Mi otra mitad? —preguntó Logan con una media sonrisa.

Ella negó.

Rodeó el cuello de Logan con sus brazos, estirándose lo más que su altura le permitía. Tuvo miedo al rechazo, pero no quería ocultarse más tras la duda. El rechazo era mucho menos doloroso que la incertidumbre y la oscuridad. Salir a la luz era la única opción.

—Estoy completa.

—Y aún así regresas a mí. Pensé que querías tomar tus elecciones.

Ella sonrió con suficiencia, y el color volvió a sus mejillas. Lució confiada y desenvuelta, como siempre había lucido para el resto. Logan atesoraría la duda y la desesperanza que había visto en sus ojos al llegar. La fragilidad con la que le había abierto el corazón. Esa imagen de June sería solo suya.

—Estoy eligiendo. Te elijo a ti.

—No podría estar más agradecido.

Él se inclinó para llegar a sus labios. Ella hizo desaparecer la distancia entre ambos. Él la devoró con mucho más ímpetu del que ella esperaba.

—Repítelo... —le rogó con los labios contra los suyos.

—Te amo —lo repitió lo mejor que pudo con el poco aire que él le permitía.

—Más fuerte —pidió Logan.

Ella puso las dos manos sobre los pectorales de él y lo empujó con todas sus fuerzas. Él se dejó apartar, una sonrisa completa iluminándole el rostro.

—¡Te amo!

—Buena chica —dijo Logan y se inclinó para tomarla por la cintura y subirla a su hombro. June soltó un grito lleno de sorpresa que pronto mutó en una carcajada—. Necesitas con urgencia una ducha.

—¿Así de mal huelo? —preguntó ella sin poner resistencia al medio de transporte que Logan había elegido para meterla en la casa.

—No, pero llevo años queriendo tenerte en la ducha —le confesó él, dándole un juguetón mordisco junto a la cadera. Ella respondió pellizcándole una nalga y él dibujó una sonrisa aún más amplia.

—No te voy a dejar ir nunca —dijo él, mientras caminaba con ella a cuestas. Ella se retorció inquieta al escuchar aquella declaración. Logan la sintió tensarse y añadió:— a menos de que desees hacerlo.

Y ella se quedó, sin dejar ni por un momento de ser libre.

Enlace

AGRADECIMIENTOS

Quiero agradecer primero a quienes inspiraron esta historia.

A mi amado esposo, que me ha enseñado que el amor es mucho más que un montón de clichés sexistas y que los hombres como los de los libros sí existen. Él es uno.

A mi hija mayor, que con sus ocurrencias y juegos me dio la idea para los enlaces.

A mi mejor amiga Paola: su partida me dejó un hueco en el corazón y muchas preguntas en la cabeza. La mitad las contesté con este libro, las otras me las responden su familia y lo feliz que veo que vive en Chile.

También quiero agradecer a mis lectores beta: Sharon Corrales, Karen Miranda, Marisabel Betancort, Noelia Rojas, Lizzy Morales, Ximena Céspedes, Fabrizio Jimenez, Paula Chavarria Dani Mora, Martita Pérez Villanueva, Danitza Eterovic, Dani Estrada, Raquel Guillén Serrano, Karen Carazas, Jennifer Rojas, Taminé, Yamileth Rojas Paramo, Tamara Cortés Rojas, Margery Gamboa, Mailid Hidalgo Mora, Jen Cordero, Vicc Barreiro, Maria José Rodríguez, Kim de @bookkiim, Kimy Mesén, Yami S. Fallas, Maria José Rodríguez. Personas que me acompañaron en este sueño cuando aún era muy imperfecto y me regalaron su tiempo y amor para mejorarlo.

A mi diseñadora, Camila Garro, por toda la paciencia y el amor que me ha dado en todo este proceso. A Alexandra Castrillón, por seguir enseñándome cómo ser una increíble autora de éxito. Y a mi editora y amiga Josephine Curwen, por regalarme su humor y conocimiento. Transformó un proceso que me aterraba en una experiencia muy entretenida.

Un especial agradecimiento a todos los que me apoyaron compartiendo, etiquetando, reseñando o recomendando "Essence". Del éxito que todos ustedes hicieron de ese libro es que nacen las fuerzas para publicar esta otra aventura.

A Dios, que aún entre mis quejas y dudas me acompaña, que puede tomar algo tan oscuro como el dolor y transformarlo en este libro que espero pueda inspirar a otros a buscar la luz.

Por último, a vos, por creer en este sueño y por acompañarme hasta acá.

Como escritora autopublicada, dependo en gran medida de mis lectores para llegar a nuevas personas. Me ayudas muchísimo dejando una reseña en Amazon o Goodreads, compartiendo información sobre mí o mis novelas en tus redes sociales, recomendándome para entrevistas, presentaciones o eventos y, sobre todo, hablando con otros sobre mi trabajo.

También estoy abierta a recibir tus comentarios de manera directa (el chisme literario es vida) Podés escribirme a
lefernandezescritora@gmail.com
En mi web tengo material promocional complementario a esta historia: capítulos extras, imágenes de los personajes, pasa por **lefernandez.com** para conocer más sobre este y mis siguientes trabajos.

¡Gracias por leerme!

Enlace

Made in the USA
Columbia, SC
01 February 2025